KB197464

우리, 나이 드는 존재

우리, 나이 드는 존재

멋진 주름을 만들어 가는 여자들

고금숙
김하나
김희경
송은혜
신혜우
윤정원
이라영
정수윤
정희진

즐겁게, 소소하게, 편안하게,
'나답게' 나이 드는 삶

최근 1~2년 사이 한국 사회를 강타한 키워드 중 하나는 '저속 노화'입니다. 노화의 속도를 늦추면서 건강하게 나이 드는 법이 많은 사람의 화두가 되었지요. 이런 흐름 어딘가에 '노화 공포'가 있는 건 아닐까 싶은 생각도 듭니다. 거울 속 주름진 얼굴을 피하고 싶은 마음이 얼마쯤 있고 현역에서 물러나면 소외되지 않을까 하는 두려움을 느끼는 것은, '나이 드는 일'을 긍정적으로 받아들여도 된다는 사인을 세상에서 읽지 못하기 때문일 겁니다. 어쩌면 우리 각자 서로에게 그런 신호를 보내지 않고 있는지도 모릅니다.

우리는 즐겁게, 소소하게, 편안하게, '나답게' 늙어 가는 삶의 나날을 엿볼 기회가 필요합니다. 늙는다는 것은 인간 모두에게 해당하는 현상이니 젊은이든 늙은이든 '아, 나도 나이 들면서 저런 모습이면 좋겠다', '오, 이런 걸 참고해서 더 잘 늙어 봐야겠다' 하고 여러 겹의 의미로 노화를 마주할 수 있도록요. 일 년에 꼭 한 살씩, 누구나 나이를 먹으니까요.

노화의 고충은 감추지 않고 드러내 공유하되, 노쇠가 나이 듦의 전부는 아니라는 것을 더 많은 사람이 함께 나누면 좋겠습니다. 나만 쇠약하거나 뒤처지는 것처럼 외로워하지 않도록, 나날의 새로움이 여전히 우리를 기다린다는 것을 체감할 수 있게끔요. 동교로 한 귀퉁이에서 책을 만들며 40대 중반을 지나고 있는 편집자인 저는, 이 책의 원고 청탁서 마지막에 다음과 같은 문장을 넣었습니다.

"오늘도 하루만큼 늙어 가는 동지 여러분, 응답해 주십시오!"

고금숙, 김하나, 김희경, 송은혜, 신혜우, 윤정원, 이라영, 정수윤, 정희진 아홉 명의 소중한 작가가 각자의 자리에서 반짝이는 신호를 보내 주었습니다. 불혹을 맞이하는 이부터 예순을 앞둔 이까지, 지금까지 인생 경로가 달랐던 것처럼 나이 들며 하고 있는 일 혹은 장착하려는 삶의 태도 역시 다양했습니다. 원고가 도착할 때마다 삶의 귀한 비밀을 엿보는 것 같아 두근거리기도, 하나하나 모은 '보물'을 어서 독자들에게 전달하고 싶어 들뜨기도 했습니다.

작가들은 바로 오늘, 지금 여기에서 나의 하루를 가꾸며 쌓아 가는 시간이 풍부하게 깊어지는 삶을 만든다고 이야기해 주었습니다. 몸과 마음의 건강을 챙기는 자기 돌봄, 마음 맞는 사람들과 교류하는 느슨한 공동체, 재미의 등불을 밝히는 취미 생활, 나를 계속 깨어 있게 하는 공부, 타인과의 소통을 가능하게 하는 유머 감각······.

　　수영이나 악기 연주부터 '호기심 연마하기', '해마다 새롭게 죽을 결심'에서 배어나는 삶의 태도까지, 나이 듦을 만끽하는 이들의 건강한 지혜를 이 책에서 만날 수 있습니다. 혹은 '나에게 나이 듦이란 무엇인가? 잘 나이 드는 삶은 어떻게 가능한가?' 하는 질문의 답을 곰곰이 생각해 볼 수도 있지요.

　　다양한 중년 혹은 노년의 이야기가 많아질수록 좀 더 괜찮은 어른, 반가운 노인을 마주할 가능성이 높은 사회가 되지 않을까요? 늙어 가는 이의 구체적 얼굴을 만나는 일은 우리가 나이 든 사람을, 서로를 타자화하지 않고 연결된 존재로 받아들이는 순간을 만드는 하나의 방법이 될 것입니다. 이 책을 읽는 여러분이 각자의 삶에서 소중한 것을 발견하며 나이 듦을 감각할 수 있기를, 그렇게 우리가 서로에게 좀 더 좋은 어른이 될 수 있기를 바랍니다.

차례

Editor's Note

5

"아름다운 젊음은 자연의 우연한 현상이지만,

아름다운 노년은 예술 작품이다."

엘리너 루스벨트

(1884~1962)

물고기가 되는 시간

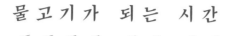

번역가 정수윤

1979년생. 그대도 물속에서
자유와 환희로 가득 찬 근육을 만나기를.

인간이 자기 육체에 해 줄 수 있는

가장 좋은 일을,

나는 수영을 하면서

내게 하게 되었다.

하루에 한 차례씩, 나는 변신한다. 물고기가 된다.

× × ×

차가운 수영장 물속으로 풍덩, 뛰어드는 순간, 내 몸은 완전히 새로운 세계로 들어선다. 두 발로 걷는 세계에서 두 팔로 저어 가는 세계로, 단단하게 마른 땅에서 차고 물컹한 물로. 이 신선한 자극이 나를 깨어 있게 한다. 육지에서는 쓸 일이 별로 없는 근육이 서서히 운동을 시작한다. 팔다리를 세차게 움직일수록 물살이 점차 빠르게 흘러간다. 분당 심박 수가 110, 130, 150, 170…… 마구 올라간다. 심장이 쿵쾅쿵쾅 터질 듯이 뛰어 대고, 얼굴이 장작불 속 고구마처럼 달아오

13

르며, 정수리는 용암이라도 분출할 듯 뜨거워진다. 죽을 것 같이 힘들지만, 다 끝나고 육지로 돌아와 샤워까지 마쳤을 때의 그 상쾌함이란! 물고기로 변신한 한 시간 동안, 나의 몸과 피와 정신까지 맑아진 듯하다.

신체 변화도 생겼다. 허리가 강해지고 허벅지와 팔뚝에 근육이 생겼으며 어깨가 펴졌다. 거북목 증후군이 사라졌고 옆구리에 붙어 있던 볼록한 군살이 빠졌다. 구부정하던 자세가 곧아졌고 얼굴에 혈색이 돌며 뺨과 이마에 윤기가 흐른다. 불면증이 사라지고 식욕이 돈다. 과음과 과식을 자제하게 된다. 수영복을 입으면 맨살이 많이 드러나고 몸의 굴곡이 적나라하게 보이기 때문이다. 몸에 상처가 나지 않도록 몹시 조심하게 된다. 칼에 베이거나 어디에 긁히거나 발목이 삐끗하면 수영하는 데 지장이 생기니까 말이다. 환절기에는 행여 감기에 걸리지는 않을까 싶어 옷을 두툼하게 입고 홍삼을 챙겨 먹으며 생강차를 마신다. 균형 잡힌 식습관을 갖추게 되고 소홀히 하던 각종 비타민과 유산균에 관심이 간다.

인간이 자기 육체에 해 줄 수 있는 가장 좋은 일을, 나는 수영을 하면서 내게 하게 되었다. 젊은 시절에는 며칠씩 밤을 새우고, 함부로 먹고, 함부로 마셨다. 내 몸에 좋지 않은 것들을 무리하게 밀어붙였다. 내가 가장 사랑해 주어야 할

내 몸이었는데 너무 무심했다. 좋아하는 운동이 생기면서, 그 운동을 오래오래 더 잘하고 싶다는 데 생각이 미쳤고, 나의 몸을 아끼고 사랑하게 되었다.

이러니 "잘 나이 들기 위해서 무엇을 하고 있느냐?"는 질문에 곧바로 "수영이요!"라는 말이 튀어나올 수밖에. 물고기 되기는 내 젊음을, 일상을, 직업을 유지하도록 도와주는 아주 소중한 변신이다. 누군가 내게 "그런 너의 삶에서 수영이 사라진다면?" 하고 묻는다면, 나는 1초도 쉬지 않고 대답할 수 있다. "그날은 내가 죽는 날이 될 거야."

×××

매일 아침 수영을 시작한 지 햇수로 5년쯤 되었다. 월화수목금 수영 강습을 듣는다. 가끔 주말 자유 수영도 간다. 오전 10시 15분, 나의 왼쪽 손목 민트색 시곗줄에 채워진 애플워치가 징징 몸을 떨며 외친다. 가자, 가자, 저으러 가자. 물고기가 되러 가자.

그 순간, 하던 일을 멈추고 제자리에서 일어선다. 몸을 가눌 수 없을 만큼 아프지 않고서는 언제나 같은 시간, 같은 마음으로 수영장으로 향한다. 그 시각, 내가 물고기가 되는 일보다 우선순위가 높은 건 아무것도 없다. 중요한 약속이나 줌 회의나 강연도 늘 오후에 잡는다. 보통은 해가 뜨기 한 시간 전쯤 일어나는데, 새벽에 서너 시간 일을 하고 수영을 하러 다녀온 후, 오후 일정이 시작된다. 웬만하면 수영 전 머리가 맑을 때 글을 쓰고, 수영 후 몸이 풀렸을 때 시나 소설을 번역한다. 내게는 수영이 오전과 오후를 나누는 선인 셈이다.

손목 알림이 나를 일깨우지 않는다면, 아마도 10시고 11시고 12시고 시간은 정신없이 물처럼 흘러가리라. 늘 혼자 하는 일이니 얼마나 오래 앉아 있었는지 알려 주는 사람도 없고, 집중력이 흐트러질까 봐 휴대전화 벨소리도 꺼 두기 때문에 일을 하다 보면 시간이 흘러가는 걸 깜박하기 일쑤다. 째깍거리는 시계 초침 소리나 움직임도 방해가 되기에 벽걸이 시계나 탁상시계도 없다. 그러니 손목의 진동이 내게는 유일한 신호다.

일어서라! 일어서면서 두 팔을 위로 쭉 뻗어 몸을 늘려 준다. 목도 좌우로 돌리고 몸통도 빙빙 돌린다. 근육을 유연하게 풀어 주어야 수영할 때 부상이 없다. 아울러 스트레칭은 유선형 자세를 만들기 위한 가장 좋은 지상 준비운동이다. 가슴을 앞으로 내밀고 물고기 몸통처럼 부드러운 곡선을 이루어야 물에서 저항을 줄이며 물살을 완만하게 가르고 쭉쭉 나

아갈 수 있다. 이때부터 내 몸은 반쯤 물고기가 된다. 물이 없으면 죽는다. 물속에서만 숨 쉴 수 있다. 반쯤은 그런 상태다.

수영 가방은 전날 미리 싸 두었다. 학교 다닐 때도 안 하던 전날 가방 싸기를, 수영을 시작하면서 콧노래까지 흥얼거리며 매일매일 하고 있다. 바람 잘 부는 그늘에 널어 보송보송하게 말린 수영복과 수영모와 수경과 수건과 각종 물품을 빠짐없이 가방 속에 차곡차곡 넣어 두었다. 그중 하나라도 빠지면 완벽한 변신이 불가하다. 물고기가 되는 데 지장이 생긴다. 아주 신중하게, 때로는 신성하게 치르는 의식처럼 수영 가방을 들고 집을 나선다. 비가 오나 눈이 오나 바람이 부나 룰루랄라 걷는다. 입수 직전 발걸음은 지상에서의 마지막 춤처럼 경쾌하다.

수영장 근처까지 오면 특유의 물 냄새가 난다. 사람들이 열심히 물을 저어 대는 찰랑찰랑 소리도 들린다. 인간 물고기는 벌써 시원하게 한 판 저을 생각에 들떴다. 탈의실에서 후딱 옷을 벗고 알몸이 되어, 매일 만나는 수영 친구들과 가벼운 인사를 하며 샤워실로 입장한다. 구석구석 거품 샤워하고 머리를 감는다. 매일 입수하는 물을 깨끗이 유지하기 위한 예의다. 긴 머리는 뒤로 질끈 묶고, 물을 묻힌 수영복을 입은 다음, 수영모가 벗겨지지 않도록 이마와 수영모 안쪽을

뽀득뽀득 비누칠해서 씻고, 수영모에 물을 채워 머리 위에 휙 덮어쓴다. 아까부터 안티포그 용액을 뿌려 걸어 둔 수경을 찬물로 휘휘 저어 씻은 뒤 이마에 걸쳐 쓰고, 수영복 줄이 꼬이지는 않았는지, 몸 어딘가에 머리카락이 붙어 있지는 않은지, 수영모 면이 울지는 않았는지는 거울로 이것저것 확인한다. 좋았어, 오늘도 물고기가 될 채비 완료다. 오리발과 스노클과 패들 같은 장비도 챙긴다. 팔, 다리, 어깨의 자세 교정 및 근육 만들기에 도움을 준다. 정말이지 믿음직한 친구들이 아닐 수 없다.

자, 드디어 푸른 수영장으로 입수. 되도록 첨벙, 물보라를 튀기며 뛰어든다. 육지에서 수중으로, 극적인 변화를 느끼고 싶기 때문이다. 본격적으로 물과 몸이 하나가 될 시간. 두 발은 수영장 벽을 차고, 두 팔은 곧게 뻗어 포갠 다음 머리를 넣는다. 물속에서 무심하게 앞으로 나아가면, 육지에서의 고민이 하나둘 녹아 없어진다.

내일까지 마감인 원고에 대한 걱정이나, 도무지 다음이 풀리지 않는 역자 해설이나, 무얼 써야 할지 아무런 생각이 나지 않는 연재 글이나, 계속해서 독촉 전화와 메일이 오는 번역 일감…… 이런 것들이 일순간에 녹아 없어지고 나는 아무런 걱정도, 불안도 없는 한 마리 물고기가 된다. 수면에는 맑고 투명한 물결이 반짝이며 찰랑이고, 정수리와 이마와 허리와 발끝으로 시원하게 흘러가는 물살이 느껴진다. 무념무상. 그곳에 행복이 있을지니.

× × ×

장편소설이나 문학 전집을 번역하는 일에서 가장 필요한 덕목은 무심하게 앞으로 나아가는 힘이다. 생각이나 감정에 동요 없이 매일 조금씩, 여덟 쪽에서 열 쪽을 일본어에서 우리말로 옮긴다. 그런데 생각해 보면, 세상 모든 일이 일정 부분은 매일 조금씩 쉬지 않고 꼬박꼬박 무심하게 앞으로 나가는 힘을 요구한다. 무슨 일을 하든 나아가기를 멈추면 거기서 끝이니까. 끝이 다 나쁜 것은 아니지만, 오래오래 한 가지 일을 지속하다 보면 쉽게 도달하기 어려운 지점까지 가닿기도 한다.

특히 수백수천 장에 달하는 책의 번역은 상당히 지난한 과정이다. 그렇게 집중해서 일하다 보면, 어느새 나의 몸은 구부정한 허리를 한 석고상처럼 굳어 있기 십상이다. 번역가의 일은 혼자서 딱딱한 석고상이 된 채 세 시간이고 네 시간이고 흘러가면서 이루어진다. 정신은 바다 건너 세상 곳곳을 화려하게 여행하고 있을지라도, 육체는 하루의 시간 대부분을 의자에 붙박이로 붙어 있는 신세다.

이런 습관이 허리, 어깨, 다리에 큰 무리를 주고 근육 손실을 앞당겨서, 디스크와 같이 돌이킬 수 없는 질병을 가져온다는 무시무시한 사실을 어릴 땐 몰랐다. 15년 가까이 번역하고 글 쓰는 일을 해 온 지금은 안다. 동료 번역가를 비롯해 함께 일한 편집자 등등 출판계의 많은 사람이 어깨, 허리 통증을 달고 산다는 것도 안다. 일종의 직업병이랄까. 나는 이 일을 아주 좋아하고, 책 만드는 일이 행복하기에 몸을 소중히 해야 했다. 아끼고 사랑하고 단련해야 했다. 그렇게 찾은 운동이 수영이다.

그런데 맨 처음 수영을 배우고 싶다고 마음먹은 건, 일본의 한 소설가 덕분이었다. 하루는 나쓰메 소세키의 《마음》이라는 소설을 읽는데, 작중에서 선생과 내가 가마쿠라 바다로 뛰어드는 장면이 유독 인상 깊게 마음에 남았다. 바로 이 장면. 나의 번역이다.

다음 날 나는 선생의 뒤를 따라 바다로 뛰어들었다. 곧 선생과 같은 방향으로 헤엄쳤다. 육지에서 200미터쯤 떨어진 곳까지 수영하여 먼바다로 나아갔을 때, 선생이 문득 뒤돌아 내게 말을 걸었다. 넓고 푸른 바다 수면에 떠 있는 건 그 근방에 선생과 나 둘뿐이었다. 강렬한 태양 빛이 눈길 닿는 곳마다 산과 바다를 비추고 있었다. 나는 자유와 환희로 가득 찬 근육을 움직이며 바닷물 속에서 미친 듯이 춤을 추었다. 선생은 갑자기 팔다리 운동을 우뚝 멈추더니, 하늘을 보고 파도 위에 몸을 눕혔다. 나도 따라 했다. 창공이 눈을 찌를 것처럼 번쩍이는 멋진 빛을 나의 얼굴에 드리웠다. "가슴이 뻥 뚫리는 것 같습니다." 내가 큰소리로 말했다.

자유와 환희로 가득 찬 근육이라니! 그때까지 수영을 배워 본 적이 없는 나는 상상만으로도 가슴이 뛰었다. 《마음》에서 선생과 나는 가마쿠라 바닷가에서의 만남을 계기로 마음을 터놓는 사이가 된다. 서로 거의 모르는 거나 마찬가지인 두 사람이 먼바다까지 함께 헤엄쳐 나간 이 부분에 오랫동안 마음이 빼앗겼다. 내 마음속에 바다가 출렁거렸다.

가마쿠라는 둥그런 만을 품고 숲이 우거진 산 아래 아기자기한 마을이 자리한 전통 있는 동네다. 천 년 전쯤 가마쿠라막부가 들어설 때 처음 수도가 되었고, 근대 이후에는 아쿠타가와 류노스케와 가와바타 야스나리 같은 문인들이 많이 들어와 살았다. 지금은 해안을 따라 달리는 에노덴이라는 작은 열차가 명물인 아름다운 여행지다. 여름이면 도쿄를 떠나 찾아가는 인기 피서지이기도 하다. 도쿄역에서 지하철로 한 시간쯤 걸린다. 도쿄에서 학교에 다닐 때 은사님이 그곳에 사셔서 종종 놀러 갔다. 아름다운 마을이다.

나쓰메 소세키도 가마쿠라의 먼바다까지 헤엄쳐 간 적이 있을까. 바다에서 돌아보면 가마쿠라의 숲과 바다가 한눈에 들어왔을 터다. 바다에서 바라본 가마쿠라의 풍경은 얼마나 아름다웠을까. 나도 해안에서 그렇게 멀리까지 헤엄쳐 나가고 싶다. 바닥에 발이 닿지 않는 바닷물 위에서 선생처럼 일렁이는 파도를 요 삼아 뒤로 벌렁 누워 보고 싶다. 도대체 어떤 기분일까. 얼마나 자유로울까.

게다가 선생과 나는 계속해서 헤엄쳐 가다가 제자리에 멈춰서기까지 한다. 그게 물속에서 어떻게 가능한가? 마치 산책하다가 발걸음을 멈추는 것처럼 수영하다가 멈춰서 그 자리에 떠 있다니. 나중에야 그게 입영이라는 기술이라는 걸 알았지만, 그때 내게는 마치 하늘을 나는 거나 마찬가지로 인간에게 불가능한 영역처럼 보였다.

쭉 그렇게 바다 수영에 대한 동경을 마음속에 간직한 채 몇 년이 흘렀다. 바쁘다는 핑계로, 여유가 없다는 생각에, 한 해가 가고, 두 해가 가고 어느덧 중년이라는 나이. 갈매기가 울고, 태양이 반짝이고, 멀리 숲은 아득하게 푸르고, 파도가 찰랑찰랑 목까지 차오르고, 나는 물고기 발을 달고 자유자재로 바다를 오가는 상상. 더 미루다가는 삶이 다할 때까지 상상만 하다가 끝날지도 모른다. 나이가 들수록 기존에 하지 않던 행동이나 익숙하지 않은 공간에 가는 일을 꺼리게 된다. 더는 미루지 말자. 죽기 전에는 먼바다까지 내 힘으로 헤엄쳐 가 보자. 그 생각에 동네 수영장 문을 두드렸다.

× × ×

기초반에 들어간 첫날을 지금도 기억한다. 나이도 성별도 각양각색의 학생들이 열 명쯤 서 있고, 선생님이 돌아가면서 한 사람 한 사람에게 수영을 왜 배우는지 물었다. 나는 주저없이 대답했다.

"바다에서 자유롭게 헤엄치고 싶어서요."

하지만 바다는 고사하고 수영장 물에 떠서 숨을 쉬기부터가 난관이었다. 인간의 목에 아가미를 장착하는 일이나 마찬가지니 쉬울 리가 없었다. 수영장은 겨우 수심 1.2미터. 죽을 리가 없는 데도 죽을 것 같았다. 숨을 쉬려고 목을 빼면 다리가 가라앉는다. 다리를 띄우려고 몸통을 집어넣으면 고개를 돌릴 수가 없다. 살려고 팔을 휘젓다 보면 몸에 힘이 잔뜩 들어가 더 가라앉았다. 3개월이 지났을 즈음, 나는 겨우 물에서 숨이라는 것을 쉬며 앞으로 나아갈 수 있게 되었다. 걸음마를 떼기 시작한 것이다.

그렇게 자유형부터 시작해서 배영, 평영, 접영을 배워 나갔다. 수영 강습이 즐거운 이유는 매일 조금씩 새로운 걸 배운다는 점이다. 수영은 정말이지 인생과도 같아서 끝없는 배움의 연속이다. 완성이란 없다. 늘 아름다운 완성을 향해 나아갈 뿐.

몇 날 며칠을 해도 안 되던 것이 갑자기 되기도 한다. 갓난아기가 걸음마를 하기 위해 수천, 수만 번 발을 바닥에 문지르다가 마침내 탁 하고 일어서는 순간이 있는 것처럼. 어릴 적 두발자전거를 배울 때 몇 번이고 넘어지고 일어나 달리길 반복하다가 어느 순간 그 이치를 터득해 균형 잡힌 자세로 발을 굴리는 순간이 오는 것처럼. 숨쉬기도, 각종 영법도, 돌아가기나 출발하기도, 처음에는 내가 도저히 할 수 없는 마법처럼 보이다가 반복해서 연습하던 어느 날, 어느 때, 불현듯 깨우쳐지는 순간이 온다. 그때 느껴지는 환희를 뭐라고 이름 붙일 수 있을까. 분명 멋진 어떤 감정인데 이름이 없다. 그 환희에 이름을 붙이고 싶다.

예를 들면, 플립 턴을 배웠을 때. 수영장은 바다가 아니기에 언젠가는 레인 끝에 닿기 마련이고, 그러면 벽을 차고 돌아야 한다. 이때 도는 방법이 여럿인데 그중 플립 턴이란 진행 방향에서 허리를 반으로 접으며 발로 벽을 차고 나오는 방법이다. 모름지기 상급자라면 자유자재로 할 줄 알아야 한다는 기술이다. 처음 배울 때는 제자리에서 뛰어올라 물속에서 뱅그르르 한 바퀴 도는 동작을 연습한다.

　　우리 반에서 나 말고 다른 회원들은 모두 제자리 돌기가 됐다. 그런데 나만 안 됐다. 정수리가 수영장 바닥을 지나갈 즈음이면 몸이 더는 돌지 않고 자세가 풀렸다. 아마도 물속에 코가 거꾸로 박히면 물이 들어올지도 모른다는 공포감이 나를 돌지 못하게 한 모양이었다. 실제로 돌다가 코에 물이 들어오기도 했고. 그럴 땐 코가 시큰거리며 아파서 눈물이 났다. 한마디로 너무 무서웠다. 머릿속에 공포심이 한 번 자리 잡아 버리면 몸은 아무리 해도 제대로 움직여지지 않는다.

　　어떻게든 플립 턴을 확실하게 익히고 싶었다. 나는 매일 혼자 연습했다. 수업 시작 전 5분, 수업 끝난 후 5분. 우리 수영장은 수업 시작 전후에 자유롭게 연습할 시간이 주어졌기에, 돌아지지 않는 돌기를 혼자서 계속 연습했다. 코가 물에 닿는 순간 부우우우 하고 숨을 내뱉는 연습이 효과가 있었다. 코에 물이 들어가지 않을 거라는 확신이 들자 그제야 몸에 여유가 생겼다.

　그렇게 매일 연습한 지 한두 달쯤 흘렀을까. 어느 날 갑자기 몸이 자연스럽게 물속에서 빙그르르 돌아갔다. 또 돌아보았다. 또 빙그르르 돌아갔다. 이번에는 벽을 차고 나가 보았다. 앞으로 쭉 나간다. 매일의 연습으로 어느 날 갑자기 나의 몸이 플립 턴을 터득한 것이다. 지금은 자유자재로 돌 수 있게 됐다. 오리발을 끼고, 스노클을 끼고, 패들을 껴도 돌 수 있다. 천천히도 돌 수 있고, 빨리도 돌 수 있다. 나는 이제 완전히 플립 턴을 익혔다.

　요즘은 크로스오버 턴을 연습한다. 배영으로 들어와서 평영으로 나갈 때 쓰는 기술이다. 배영으로 천장을 보고 들어오다가 손이 벽에 닿으면 다리를 하늘로 들어 올려 벽을 차고 나간다. 됐다가 안 됐다가 하는데, 매일 조금씩 하는 연습이 쌓여 무엇이든 할 수 있게 된다는 것을 이제는 안다. 마흔 중반으로 접어든 내가, 지금도 새로이 배울 게 있다는 사실이 즐겁다. 어제는 하지 못하던 걸 오늘 할 수 있게 되고, 오늘 할 수 없더라도 내일 할 수 있게 될 거라는 믿음이 있다. 수영뿐만 아니라 인생에서 모든 일이 그러하니, 배움이란 언제나 이토록 가슴 뛰는 일이다.

× × ×

　내가 제일 좋아하는 영법은 접영이다. 나비 접(蝶)에 헤엄칠 영(泳)을 쓴다. 나비처럼 두 팔을 활짝 벌려 수면 위로 솟아오르며 앞으로 날아가듯 헤엄친다. 팔다리에 박자만 맞으면 크게 힘들이지 않고도 추진력을 얻을 수 있다. 발차기할 때는 내 다리가 두 개의 커다란 밧줄 끝에 이어져 있다고 생각한다. 나무 막대기처럼 딱딱한 직선의 느낌이 아니라 밧줄 끝의 운동성이 전해지는 힘찬 곡선의 느낌이다. 손은 물을 뒤로 밀어내는 노의 역할을 한다.

　처음 접영을 배울 때는 손과 발이 따로 놀았다. 상급 레인의 숙련자들이 다들 마이클 펠프스처럼 보였다. 지금의 나는 부드럽게 물을 뒤로 밀며 수면 위를 나비처럼 가볍게 날아가는 접영을 터득했다. 종종 곁에서 보는 초심자들의 탄성 소리가 들린다. 그럴 때마다 내가 그들과 같은 처지였던 시절이 떠올라 미소가 지어진다. 맞아요, 그 마음, 저도 너무 잘 알아요. 포기하지 말고, 매일매일 조금씩 힘을 내세요.

　어깨는 약간 물밑으로 눌러 주고 엉덩이는 수면 가까이 살짝 띄워 유선형 자세를 만든다. 물살과 하나가 되는 부드러운 자세다. 물과 싸우려고 들면 금세 가라앉는다. 물을 부

드럽게, 사랑하는 연인처럼 쓰다듬어 주어야 앞으로 미끄러지듯 나아갈 수 있다. 그런 여유를 터득하기까지 족히 3년은 걸린 것 같다. 처음 수영을 시작할 땐 물이 두려웠고, 싸워서 무찔러야 하는 적이었고, 어디 한번 해 보자는 식으로 힘주어 정복하려고 했다.

아등바등하면서 나는 조금씩 물의 성질을 이해하게 되었다. 힘을 주면 가라앉고, 힘을 빼면 떠오른다는 것. 두려움이 있으면 다음 문이 열리지 않는다는 것. 반복해서 동작을 수행하다 보면 어느새 익숙해진다는 것. 팔과 다리의 박자가 딱 맞아떨어지면 누가 뒤에서 밀어주듯이 미끄러지며 앞으로 쭈욱 밀려 나간다는 것. 유연함이 필요하지만 동시에 중심을 잃지 않아야 한다는 것. 인체의 중심부를 지탱하는 근육이 중요하다는 것. 그 모든 게 시간의 흐름과 함께 내 안에 스며들면, 마치 어머니의 뱃속에서 우주를 상상하던 그때처럼 어떤 상태에서도 편안해진다는 것.

나는 이제 바다가 두렵지 않다. 구명조끼나 튜브에 의존하지 않아도 된다. 고요한 바다에서 편안하고 부드러운 접영으로 멀리 나아갈 때 기분은 이루 말할 수 없이 행복하다. 끝도 없이 나아가고 싶다. 물속 세계는 고요하다. 소리의 진동이 거의 차단된다. 말과 소리가 단절되는 세계. 그 고요함이 너무 좋다. 물 밖 세계와 가장 큰 차이다. 휴대전화와도 차단된다. 탈의실 옷장 속에 열쇠까지 잠겨서 갇히니까. 싫든 좋든 수영하는 시간만큼은 전화기와 이별한다. 오롯이 물과 나의 대화에 열중할 수 있다.

발이 닿지 않는 물속은 이제 내게 공포가 아니다. 신비이자 즐거움이자 두근거림이다. 나는 이제 수심 5미터, 10미터 바다 한가운데서도 다이빙할 수 있고, 자유자재로 왔다가 갔다가 멈췄다가 드러누울 수 있다. 두려움이라는 감정은 자신감으로 바뀌었다. 바다에서 나는 완전한 자유를 얻었다. 수영을 배운 후 가장 기쁜 일이다.

결국 수영은 내면의 강인함과 외면의 부드러움을 익히는 운동이다. 거대한 물은 하나의 저항이 되어 나의 길을 가로막으려 하지만, 나는 오랜 훈련으로 단련된 손바닥과 전완근, 가슴근육과 광배근, 허벅지와 발등 등을 이용해 이 저항을 힘의 원천으로 삼는다. 저항이 없으면 앞으로 나아갈 힘도 얻을 수 없다는 건 이 세상 이치를 아우르는 거대한 상징 같다. 어깨를 앞으로 쭉 빼고 가슴을 활짝 내밀어 부드러운 곡선으로 유선형 자세를 취하는 게 관건이다. 유연하게, 무심하게, 물고기가 되는 하루 한 시간의 변신. 이것이 내게는 잘 늙어 가기 위해 빼놓을 수 없는 하루 중 가장 소중한 일과다.

단언컨대, 지금 나의 몸과 마음은 수영을 시작하기 전보다 5년은 젊어졌다. 내가 만나는 사람마다 "수영하세요? 아직 시작하지 않으셨으면 지금 하세요!" 하고 알리고 다니는 이유다. 꼭 수영이 아니더라도, 하루 한 시간씩 완전히 운동에 집중할 수 있게 몸을 만드는 시간은 삶의 질을 상당히 끌어올린다.

만약 당신이 시간의 파도를 넘어 더 오래 좋아하는 일을 하며, 더 길게 사랑하는 사람을 사랑하며 살고 싶다면, 그렇다, 일어서라. 그리고 자신에게 가장 잘 맞는 운동을 찾아라. 육체의 단련은 정신의 성장과 긴밀하게 연결되어 있다. 내가 바다에서 그토록 원하던 자유를 얻었던 것처럼, 당신에게도 당신만의 자유가 깃들기를. 삶 속에서 새로이 배우는 그 기쁨은 언제나 우리를 기다리고 있다.

글 쓰고 번역하는 일을 업으로 삼으며 수영하고 강아지 연필과 산책하며 얻는 하루의 기쁨을 꼬박꼬박 챙기며 살아가는 사람. 저서로 《파도의 아이들》, 《한 줄 시 읽는 법》, 《날마다 고독한 날》, 《모기 소녀》가, 역서로 《은수저》, 《도련님》, 《인간 실격》, 《은하철도의 밤》, 《봄과 아수라》, 《처음 가는 마을》, 《지구에 아로새겨진》 등이 있다. 만나는 사람마다 수영을 전파하고 다니며, 수영인을 만나면 신이 나서 수영모를 선물하는 버릇이 있다. 어쩌면 전생에 비늘을 반짝이며 바다를 헤엄치는 물고기였을지도. 꼬부랑 할머니가 될 때까지 헤엄치고 싶다.

호기심 연마하기

에세이스트 김하나

1976년생. 호기심은 연마하면
계발할 수 있는 기술이다.

우리는 모두 결국 생의 마지막에

영원한 밤을 맞게 되어 있다.

그때가 되어, 볼 만큼 다 봤고

알 만큼 다 안다고 말할 수 있는 사람이 있을까?

사람들은 내가 아빠를 빼다 박았다고들 했다. 홑꺼풀 눈
에 나슬나슬한 머릿결이라든가, 작은 편이지만 손가락 발가
락이 가늘고 긴 손발이며 앞뒤로 지나치게 톡 튀어나온 짱
구, 희고 매끈한 피붓결이나 말할 때 이마에 주름이 지도록
치켜올리는 눈썹까지도 나는 아빠를 쏙 빼닮았다. 햄이나 치
즈를 좋아하는 오빠와는 달리 어릴 적부터 일본어로 '고노와
다'라 불리던 해삼 내장이나 사투리로 '앙장구'라 불리던 보
라성게, 꽃게 알, 새우 머리, 참미더덕 등에 눈을 반짝이며 입
맛을 다시는 나를 보며 아빠는 "역시 니는 내 입맛을 똑 닮았
다."라며 왠지 흐뭇해했다. 아빠는 드라마 〈파친코〉의 배경이
기도 한 부산 영도구의 작은 어촌 마을 출신으로, 맛있는 제
철 해산물에 빠삭한 분이었다.

내가 아빠를 이렇게나 닮은 게, 생일이 불과 3일밖에 차이 나지 않아서일까? 같은 사수자리 아래 3일 차이로 태어난 아빠와 나는 생일을 대충 합쳐서 '게르치'라 불리는 흰살 생선으로 끓인 미역국을 나누어 먹으며 나이 들었다. 사실 아빠의 입맛은 나와 꼭 겹치지는 않았는데, 아빠가 "니는 내 닮아서 틀림없이 좋아할 끼다."라며 밥숟가락 위에 척 걸쳐 주던 갈치속젓이며 당시로선 이름도 몰랐던 각종 하드코어한 반찬들은 내게 너무 비리고 강렬해서 곤혹스러웠다. 싫다고 분명히 거부했던 종목인데도 아빠는 다음에도 확신에 찬 말투로 "니는 내 닮아서 좋아할 끼다."라며 흰밥 위에 그것을 척 올려 주곤 했다.

아닌 게 아니라 나는 아빠의 입맛과 외모 외에도 외골수에 고집불통인 면모, 예민함, 까칠함, 화르르 끓어오르는 다혈질 성격을 꼭 닮았다. 아빠는 국어국문학을 전공했고 평생 글을 쓰고 문학을 가르친 분이었는데 나 또한 국어국문학을 전공했고 글을 쓰고 문학을 소개하는 일을 하고 있으므로 그 점에서도 나는 아빠를 꼭 닮은 셈이다.

아빠와 엄마는 진주의 한 여자중학교에서 교사로 근무하다가 만나기 시작했다. 아빠는 국어 담당인 김 선생님, 엄마는 역사 담당인 이 선생님이었는데, 둘 다 책 읽기를 아주 좋아해서 책 수다를 떨다가 친해졌다고 한다. 교무실의 마주 보는 책상에 앉은 김 선생님이 "이 선생님, 여기 이 구절이 참 좋네요."라며 책을 펴서 건넨다. 이 선생님이 책을 받아 그 페이지를 보면, 여백에 '7시 흙다방' 같은 게 연필로 적혀 있었다고 한다. 그러면 이 선생님은 그걸 지우개로 삭삭 지우고는 "그러게요, 김 선생님. 그 구절이 참 좋네요."라며 수락 의사를 전하곤 했다고.

두 분의 말에 따르면 진주는 너무 작은 도시고, 자신들은 학교에서 무척 인기가 많은 두 선생님이었기 때문에 비밀리에 연애할 수밖에 없었다고 한다. 흙다방에도 절대 같이 들어가는 법이 없이 시간차를 꽤 두고 드나들곤 했단다. 엄마가 보기에 아빠는 사고가 아주 유연하고 독창적이어서 좋은 이야기 상대였다고 했다. 세상에서 책 수다만큼 재미있는 것도 드물기에 두 분은 많은 책에 대해 수없이 이야기를 나누다가 작은 도시 진주를 떠들썩하게 뒤흔들며 결혼했다.

×××

오랜 세월이 흘러, 그 유연하고 독창적이던 김 선생님은 점점 '조개'로 변해 갔다. 아빠가 50대에 들어선 어느 날이 선생님은 나에게 말했다. "느그 아빠가, 조개가 되어 가고 있다." 딱딱한 껍질을 아래위로 앙다물고 세상으로부터 아무것도 더는 받아들이지 않겠다는 듯 보수화, 경직화되기 시작한 것이다. 그 과정은 서서히 일어났으나 방향은 확고하여, 나이 들수록 아빠의 세상은 줄어들기만 했다. 아빠는 마침내 그 좋아하던 어패류의 일종이 되어 버린 것이다.

　나이가 더 들자 아빠는 당최 새로운 것을 받아들이려 하지 않았다. 돌아가실 때까지 휴대전화를 잘 다루지 못했고 카톡도 쓰지 않았다. 젊었을 때 아빠는 바둑이나 당구 같은 잡기에도 능했고 제자들과 함께 전국 곳곳의 산을 누볐었다. 나이 든 아빠는 점점 움직이려 하지 않아 생활 반경이 작게 더 작게 줄어들었고, 이윽고 다리마저 불편해져 동네 뒷산도 가기 어렵게 되자 TV 앞 소파에서 가장 오랜 시간을 보냈다.

　온종일 TV를 크게 틀어 놓는 아빠 곁에서 함께 뉴스를 보는 것은 곤혹스러웠다. 뉴스란 세상의 새로운 소식이다. 아빠는 가만히 머물러 있고자 하는데 세상은 계속 새 소식을 만들어 내며 흘러가니, 아빠 눈에 뉴스란 뉴스는 모두 탐탁잖거나 못마땅해 보였다. 아빠는 거의 모든 뉴스에 대고 불평을 했다. 세상은 아빠의 못마땅함에 초연한 채 변해만 갔다. 아빠는 스도쿠와 컴퓨터 게임 지뢰 찾기를 하고 또 했다.

심지어 〈지뢰 찾기〉라는 제목의 시도 썼다. 작은 사각형 틀 안의 더 작은 사각형 칸들 속을 숫자로 채우며 아빠는 꼭 그 정도만큼의 예측 가능성과 의외성만을 원했다. 아빠의 세계는 매일 조금씩 더 칸 쳐지면서 줄어들고 굳어 갔다.

젊은 시절 그렇게 책을 많이 읽고 그에 대해 이야기하기 좋아하던 아빠는 돌아가시기 전 아주 오랫동안 단 한 권의 책을 읽고 또 읽었다. 그것은 리처드 도킨스의《만들어진 신》이었는데, 출간 이후 약 15년 정도 아빠의 머리맡을 지켰다. 언젠가 아빠의 베개 옆에 놓인, 누렇게 손때가 탄 그 책을 보며 이것은 참 기묘한 독실함이라고 생각했다. 교회 장로가《성경》을 손에서 놓지 않는 독실함 정도로 신을 해체하는 책을 읽고 또 읽었으니.

신 대신 리처드 도킨스를 믿었고 세상을 못마땅해하던 아빠는 다행히도 생의 가장 마지막쯤 아파트 단지 안에 사는 노란 줄무늬 길냥이 '캐비'에게 마음을 빼앗겼다. 아침저녁으로 다리를 절룩이며 밖에 나가 "캐비야 캐비야" 부르면 캐비가 조르륵 와서 아빠 무릎에 올라앉아 가르릉거리거나 아빠에게서 간식을 얻어먹었다. 심지어 둘이서 운동장 한 바퀴를 같이 도는 정기적 산책도 했다. 아빠는 마지막에 중환자실과 요양병원을 오가야 했는데, 정신이 들 때면 한 번씩 "캐비가 보고 싶다."라고 했다. 아빠가 돌아가신 후 몇 개월 지나지 않아 캐비도 세상을 떠났다고 한다.

나는 줄어들고 굳어 가던 아빠의 세상에서 마지막에 나타나 아빠에게 새로운 사랑을 느끼게 해 준 작은 고양이 캐비에게 참 고맙다. 캐비가 없었다면 아빠는 신 없는 세상에서 탐탁잖은 소식들로만 둘러싸인 채 생을 마감했을 것이다. 아빠가 세상에 대해 키우던 적개심을 캐비는 누그러뜨려 주었다. 아빠의 세상에는 노란 줄무늬 고양이 한 마리의 행동 반경만큼 사랑의 영역이 생겼을 것이다.

× × ×

아빠를 빼다 박은 나는 아빠의 말년을 생각하면 안타까움과 함께 공포심이 엄습한다. 나 또한 아빠처럼 맘에 드는 옷 몇 가지만 돌려 입기를 좋아하고, 매일 같은 음식 먹기나 같은 경로로 산책하기에 질리는 법이 없는 성격이기 때문이다. 이대로 천성을 따라 나이 든다면 나는 틀림없이 아빠와 똑같은 노년을 맞을 것이다! 조개처럼 입을 꾹 다물고 굳어 갈지도 모른다! 그러지 않으려면 의식적인 노력이 필요하다.

다행히 나에게는 아빠와는 매우 대조적인 노년의 삶을

살아가는 롤 모델이 가까이 있다. 심지어 그 인물은 내게 자신의 유전자를 물려주었다. 바로 우리 엄마다. 아빠가 새로워지는 세상을 거부했으므로 아빠와의 소통이 점점 힘들어졌던 데 반해, 76세인 엄마와는 지금도 이야기를 나눌 때 위화감이 없다. 위화감이 없는 정도가 아니라 40대인 나의 웬만한 동년배 지인들보다도 대화가 더 잘 통하고 생각이 열려 있다.

엄마는 대화 중에 '취저(취향 저격)', '느낌적 느낌', '1도 모르겠다' 같은 표현을 자연스럽게 구사한다. 뭐랄까, '나도 이런 말 알아'를 과시하는 느낌적 느낌이 1도 없다. 엄마는 '젠트리피케이션'이나 '미소지니' 같은 용어도 잘 알고, 아빠가 살아계실 때는 나에게 나지막이 "느그 아빠가 바로 '문학 한남' 아이가."라고 너무 요즘 말로 정확히 지칭하는 바람에 속절없이 웃음이 터졌던 적도 있다. 엄마의 언어생활은 언제나 동시대적이었고 고리타분함과는 거리가 멀었다. 그것은 어휘의 문제가 아니라 태도의 문제다.

엄마는 나와 나의 동거인 황선우 작가가 함께 운영하는 팟캐스트 〈여둘톡: 여자 둘이 토크하고 있습니다〉를 매주 열심히 청취하는데, 한번은 거기서 우리가 영화음악의 거장 엔니오 모리코네의 일생을 다룬 다큐멘터리 영화 〈엔니오: 더

마에스트로〉를 소개했다. 다음은 2023년 7월, 그 팟캐스트를 듣고 엄마가 평생 처음으로 혼자 극장 가서 영화 보기를 시도해서 성공한 후 내게 보낸 카톡 전문이다.

엄마

나는 오늘 롯데 시네마에 가서 엔니오 더 다큐멘터 영화 보고 왔지롱 음~하하하하!

엄마

너무 신나네 사실 이제껏 영화를 혼자 보러 간적이 없었고 영화를 본것도 저번에 하나랑 그머냐 머큐리 그영화 본게 마지막 이었거든 그래서쫌 긴장해 가지고 집에서 1시20분에 출발해서 비록 신세계 주차장에 들갔다가 다시 나와 가지고 롯데 주차장에 대는 헤프닝이 있었지만 2시5분 상영 표 잘 예매하고 2시간 반 넘게 영화 보면서 컨디션이 나빠지지도 않고 에어컨에 대비해서 롱스카프 챙겨 가서 춥지 않게 잘 보고 백화점도 안 둘러보고 그대로 집으로 잘 왔단다 영화도 좋고 긴시간이라도 하나도 지루하지 않았고 눈물도 쬐끔 나고 하여간 좋았어 다음에는 더 잘할 수 있을 것 같군 참 시니어 신분증 보여주고 7천원 줬다고 자랑자랑~~

(오탈자와 띄어쓰기 오류를 원문 그대로 옮겼다. '그머냐 머큐리 그영화'는 록밴드 퀸의 리더 프레디 머큐리의 인생을 담은 영화 〈보헤미안 랩소디〉를 뜻한다.)

이 카톡 화면을 저장해서 내 인스타그램에 올렸더니 이런 댓글이 달렸다.

> ↳ @toricona_24 내용도 내용이지만 이 글 자체가 너무 놀랍네요. 모르고 보면 걍 젊은 어떤 분이 쓴 글 같네요. 요즘 일상적으로 쓰는 메시지 상의 문법이 총집합돼 있는 게 너무 신기해요. 눈을 씻고 찾아봐도 올드한 문장이 없네요(물론, 올드가 나쁘단 게 아니라 걍 좀 다르긴 하단 점에서). 눈물도 '쬐끔', 문장 다 안 끝내고 '자랑자랑~'으로 마무리. 모든 게 요즘 글입니다. 신기방기.

언어생활뿐 아니라, 70대 중반의 인생에도 혼자 극장 가기 도전처럼 여전히 새롭고 설레는 일이 끝없이 생긴다는 걸 엄마를 보며 무시로 실감한다. 아닌 게 아니라 엄마 이옥선 씨는 2024년 《즐거운 어른》이라는 첫 에세이집을 냈고, 출간 두 달 만에 11쇄를 돌파하며 명실공히 베스트셀러 작가가 되었으니 말이다. 글 쓰는 직업을 가졌던 사람은 아빠였는데 결혼 이후 전업주부로 살던 엄마가 76세에 갑자기 '베셀 작가'가 되다니, 인생은 참으로 예측불허라 재미있다.

물론 엄마는 '베셀'이라는 베스트셀러의 줄임말도 알고 있다. 심지어 엄마는 《즐거운 어른》을 '즐어'라고 줄여 쓰기 시작하는 바람에 내가 그건 좀 아닌 것 같다고 이의를 제기

했을 정도로 줄임말을 스스럼없이 쓴다. 이 글을 쓰는 동안 엄마는 집이 있는 부산을 떠나 2박 3일 동안 서울에 와서 북 토크와 프로필 사진 촬영, 팟캐스트 출연 등 다양한 일정을 소화했다. 오늘 우리 동네의 작은 에스프레소 바에 가서 엄마에게 콘파냐를 시켜 주었다. 평생 처음 에스프레소 콘파냐를 마셔 본 엄마는 "음, 이것 참 맛있군."이라는 소감을 내어놓았고, 마침 우연히 그곳에 왔다가 이옥선 작가를 알아보고 꺅 소리를 지른 독자에게 사인을 해 주었다.

이렇게 거침없이 새로운 경험을 쌓아 가는 엄마를 보면, 아빠를 빼닮은 나는 어떻게든 엄마를 닮도록 노력해야겠다고 결심하게 된다. 사실 나이 들면서는 어릴 때와 달리 '얼굴이나 표정이 엄마 판박이다'라는 말도 곧잘 듣기 때문에 희망이 싹튼다. 어느 친구는 엄마의 모습을 보더니 '김하나의 미래 스포일러'라고 표현했다. 그만큼 닮았다는 것이다. 그래, 나는 엄마 딸이기도 한 것이다!

아빠는 생전에 강경 한식파였기 때문에 가족 회식은 무조건 횟집 아니면 고깃집이었다. 아빠가 돌아가시자 엄마는 다양한 음식을 시도해 보는 데 거리낌이 없어졌다. 엄마는 알고 보니 베트남이나 태국 음식 같은 동남아 음식을 좋아하는 입맛이었다. 엄마는 70대 들어서 똠양꿍을 처음 먹어 보

©정멜멜

았는데 그 낯선 음식이 본인의 입맛에 잘 맞는다는 걸 깨달았다. 엄마는 이제 똠양꿍에 고수를 듬뿍 넣고, 쌀국수에는 스리라차를 착착 뿌려 맛있게 드신다. 평생 다독가였던 엄마는 이제 노안과 집중력 등의 문제로 예전만큼 읽지는 못하지만 온라인 서점 이용자 커뮤니티에 접속해 리뷰를 열심히 살펴보기 때문에 웬만한 신간들의 내용이 무엇인지, 요즘은 어떤 책이 호응을 얻는지를 다 알고 있다. 이것이 아마도 엄마가 요즘 세대와 대화를 나누기에 어려움이 없는 비결이기도 할 것이다.

책을 많이 읽는 나의 광고회사 시절 선배는 "아무리 봐도, 책이 가장 빠르더라."라고 말한 바 있다. 새 책 소식에 귀를 열어 두는 일은 어휘를 낡지 않게 할뿐더러 현재의 사유 흐름에 동기화되게 한다. 《만들어진 신》 주변으로 벽을 쌓아 올리고 한 권에의 독실함을 유지했던 아빠와 달리 엄마는 끊임없는 책의 흐름 속에 자신을 열어 두고 있다. 저녁이면 엄마는 거실 TV로 유튜브를 틀어 놓고 훌라후프를 돌리며 세상 공부를 한다. 관심 주제는 다양해서 우크라이나 전쟁의 발발 배경, 수메르 문명의 태동과 길가메시 서사시…… 그뿐만 아니라 이혼 전문 변호사가 강조하는 재혼 반대 이유 같은 것도 열심히 보고 댓글도 단다.

아빠와 엄마의 삶에서 가장 다른 점은 유연함의 정도이다. 두 분이 처음 만났던 젊은 시절의 얘기를 들어 보면 각자의 유연함 정도는 그리 크게 차이 나지 않았을 듯하다. 그러다 중년이 지나며 에너지가 줄어들자, 계속해서 변해 가는 세상을 바라보고 받아들이는 데 들이는 에너지를 한 분은 차단했고 한 분은 유지했던 것이다.

물론 바깥세상에 들이는 에너지를 자신의 내면세계로 돌려 풍요롭게 깊어지는 삶을 누리는 사람도 있을 것이다. 하지만 내가 보기에 아빠는 말년에 풍요롭고 깊게 삶을 누리기보다는 세상에 대한 탐탁잖음과 짜증을 더 크게 느꼈던 것 같다. 캐비와 운동장을 산책할 때 빼고는. 반면 엄마는 여전히 자신을 열어 놓고 변해 가는 세상과 보조를 맞춰 호흡하며 유연함을 유지하고 있다. 엄마는 50대 때부터 시작한 요가를 올해로 23년째 하고 있어 정신적 유연함뿐 아니라 신체적 유연함도 또래에 비해 뛰어난 편이다. 나는 엄마와 아빠의 삶을 오랫동안 관찰하며 유연함의 뚜렷한 차이를 만들어 내는 아주 작지만 핵심적인 요소를 파악했는데, 그것은 바로 호기심이다.

세상이 궁금한가, 그렇지 않은가? 세상이라는 말이 너무 거창하다면, 요즘 사람들이 자주 말하는 것들이 궁금한가, 그렇지 않은가? 새로 나오는 책이나 영화가, 최근 유행하는 음식이, 산업을 바꾸고 있다는 기술이, 변해 가는 결혼관이나 가족의 형태가 궁금한가, 그렇지 않은가? 아니, 꼭 새로운 것일 필요도 없다. 태초에 문명이 어떻게 시작되고 발전했는지, 지금 관습화된 여러 제도는 정말로 여전히 필요한 것인지, 기술의 발전이 사람들의 정신세계에 어떠한 영향을 미치는지, 저 나라는 어째서 성평등 수준이 저렇게 높아졌는지 등등, 세상에 대해서 호기심을 잃지 않는 것.

나는 이것이야말로 엄마가 '즐거운 어른'으로 사는 비법이자 핵심 기술이라고 생각한다. 호기심이 많은 성향은 어느 정도 타고나는 법이지만, 이것을 '성향'이라고 부르기보다는 '기술'이라고 부름으로써 나 또한 의식하고 연마하면 계발할 수 있는 것으로 여기려 한다. 마치 오랫동안 요가를 하면 뻣뻣한 신체에도 유연성을 키울 수 있는 것처럼. 이것은 아빠를 똑 닮은 내가 중년 이후의 삶을 아빠처럼 살기보다는 엄마처럼 살기 위해 필사적으로 붙들려고 하는 단 한 가지다.

호기심을 갖자! 모르는 분야를 알려고 들고 또 시도해 보는 데는 에너지가 들기에 이미 알고 있고 익숙한 것만 취한다면 당장은 인생이 더 편안할지도 모른다. 내게는 원래 그런 성향이 강하게 있기에 더욱 기를 쓰고 호기심 유지에 에너지를 쓰려고 노력한다. 나도 쉬엄쉬엄 7년째 동네에서 요가 수업을 듣고 있는데, 안 해 봤거나 잘 안되는 동작도 매번 해 보려고 노력하는 것과 비슷할 것이다.

× × ×

"세상이 너무 궁금해요."

매우 훌륭한 에세이 《이 지랄맞음이 쌓여 축제가 되겠지》를 쓴 조승리 작가가 우리 팟캐스트에 출연했을 때 했던 말이다. 열다섯 살에 앞으로 점점 시력을 잃게 될 것이라는 진단을 받고, 조급한 마음에 중학교 교실에 가는 대신 도서관으로 달려가 맹렬히 책을 읽어 댔던 사람. 일찍부터 안마사로 취업해 오랫동안 일하면서 지금까지도 많은 책을 듣고, 시각장애인 친구들과 해외여행에 도전하고, 탱고와 플라멩코를 배우고, 그동안 자신 안에 쌓아 온 여러 경험과 감정을 마침내 강렬한 글로 풀어낸 사람. 시종 유쾌하게 이야기하던 조승리 작가는 이렇게 말했다.

"그런데 너무 궁금해요. 세상이 너무 궁금해요. 더 많은 활동을 하고 싶고, 돌아다니고 싶고……. 여행을 통해서 견문이 넓어진

©황선윤

다고 하잖아요. 익숙하지 않은 것과 만나는 것, 낯선 걸 대하는 게 너무 좋아요. '그렇게 느껴 보는 게 무슨 의미가 있어'라고 생각하는 분들도 계신데 저는 그렇지 않다고 봐요. 그 경험이 경험하지 않은 것보다는 더 낫다고 생각하고 있어요."

이 말에 내가 무척 좋아하는 〈3일만 볼 수 있다면〉이라는 헬렌 켈러의 짧은 글을 떠올렸다. 그 글은 평생 시각장애와 청각장애를 지녔던 헬렌 켈러가 자신의 눈으로 볼 수 있는 3일이 주어진다면 그 소중한 3일 동안 하루하루 무엇을 보고 느낄 것인지를 쓴 상세한 계획표다. 친구들의 얼굴, 아이와 개의 눈망울을 보고 싶고, 박물관과 미술관과 극장에 가서 인류가 만든 문화를 경험하고 싶으며, 도심에서 사람들의 일상을 구경하고, 아침에 밝아 오는 여명과 해 질 무렵 노을의 장관을 지켜보고 싶다고 그는 썼다.

글의 도입부에는 헬렌 켈러와 친구가 나눈 대화가 나온다. 헬렌 켈러는 숲속으로 긴 산책을 하고 돌아온 친구에게 무엇을 보았느냐고 물었다. 친구는 답했다.

"특별한 건 없었어."

헬렌 켈러는 생각한다. 숲을 한 시간이나 산책하면서도 특별한 걸 보지 못한다는 게 가능할까. 자신은 촉각만으로도 잎새의 섬세한 대칭성이나 거칠고 부드러운 나무껍질의 결을 느끼고, 혹시나 겨울이 지났음을 알리는 새싹이 나왔을까 기대하며 가지를 더듬는데 말이다. 세상이 너무 궁금하다는 조승리 작가의 말처럼, 헬렌 켈러 또한 세상을 강렬히 궁금해했다. 호기심을 잃지 않는 사람은 세상을 더 풍성하게 받아들여 자신의 삶을 풍요롭게 만든다.

헬렌 켈러가 세운 3일의 계획은 이렇게 끝난다. 3일째 자정이 되면 다시 영원한 밤이 덮쳐 올 것이며, 그 어둠 속에서 자신이 아직 보지 못한 것이 얼마나 많이 남았는지 깨달을 것이라고. 우리는 모두 결국 생의 마지막에 영원한 밤을 맞게 되어 있다. 그때가 되어, 볼 만큼 다 봤고 알 만큼 다 안다고 말할 수 있는 사람이 있을까? 그 밤이 아직 다가오기도 전에 미리 조개껍질을 다물 필요는 없다.

그래서 나는 언제나 호기심을 연마한다. 새로운 것 앞에서 조개껍질처럼 자꾸만 닫히려고 하는 눈꺼풀을 들어 세상을 더 보려고 노력한다. 성향상 잘되지 않기 때문에 정신적 요가라고 생각하며 의식적으로 한다. 오래되고 편안한 친구만 만나기보다는 새로운 사람을 만날 기회를 마다하지 않는다. 안 입던 스타일의 옷도 누가 권하면 일단 입어 본다. 사람들은 나이가 들면서 자신을 알아 가는 만큼 '나'라는 벽을 쌓는다. '나는 이런 걸 안 좋아해'라는 식으로, 시행착오에 드는 에너지를 줄이려는 것이다. 나 또한 당연히 그런 벽을 쌓기도 하지만 이게 단단한 조개껍질이 되지 않게끔 일부러 허물어 보기도 한다.

예전에 평양냉면을 몇 번 먹어 보고는 나는 도저히 평양냉면을 좋아할 수 없는 사람이라고 결론을 내렸다. 그런데 나이가 들어서 우연한 기회로 다시 먹어 봤더니 입맛이 변했는지 훨씬 더 맛있었다. 지금은 여름에도 겨울에도 평양냉면을 찾는 사람이 되었다. 올여름엔 평생 안 좋아한다고 생각했던 콩국수를 다시 시도해 보았다. 의외로 기억보다 맛있었다. 과거의 나는 책을 꽤 편독하는 편이었다. 4년 동안 온라인 서점의 도서 팟캐스트를 진행하면서, 내 취향과 상관없이 다양한 신간들을 계속 읽어야 했다. 그 경험이 나의 독서력을 훌쩍 키워 주었고, 식견이 훨씬 넓어지고 사고가 더 유연해지도록 만들었다. 그 결과 독서가 더욱 즐거워졌다.

내가 어떤 사람인지 알려면 내 안의 목소리를 듣는 일도 필요하지만 나에게 다양한 기회를 주는 일도 필요하다. 나를 계속 열어 두는 연습을 한다. 내가 세상을 궁금해하는 만큼 세상은 나에게 새로운 경험을 줄 것이다. 정신적 스트레칭이다. 새로운 경험만큼 나는 더 유연해질 것이다. 나이가 더 들면서 점점 조개가 되어 간다 할지라도 의식적으로 자주 입을 벌려 세상과 호흡하고 싶다. 세상을 못마땅해하기보다는 끝까지 세상을 선물로 여기고 싶다. 나의 경계가 어디까지인지 늘 실험하고 기꺼이 허물 수 있는 사람이 되고 싶다. 호기심이 제2의 천성이 될 때까지 꼭 붙들고 싶다. 이것이 바로 김 선생님과 이 선생님이 그들의 삶으로써 내게 전해 준 가장 값진 가르침일 것이다.

읽고 쓰고 듣고 말하는 사람. 《금빛 종소리》, 《말하기를 말하기》, 《여자 둘이 살고 있습니다》(공저) 등을 썼고, 동거인 황선우 작가와 함께 팟캐스트 〈여둘톡: 여자 둘이 토크하고 있습니다〉를 진행 중이다. 요즘은 계절에 따른 식물의 변화에 호기심을 갖고 있다.

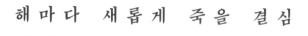

해마다 새롭게 죽을 결심

알맹상점 대표 고금숙

1978년생. 유언장을 갱신하며
오래 살아남아 세상이 변하는 꼴을 보고 싶다.

죽음의 순간을 구체적으로 떠올리면

누구를 더 사랑하고 돌볼지,

어떤 일에 집중할지 정리할 수 있다.

그렇게 나답게 살아가는 법을 조금씩 알게 된다.

나는 새해마다 새롭게 죽을 결심을 한다. 남들이 미라클 모닝이니, 책 20권 읽기니 하며 모처럼 건실하게 살 결심을 할 때 (그리고 이미 사흘 만에 말아먹을 때) 나는 죽을 결심을 한다. 그 결심을 종이에 손으로 꾹꾹 눌러쓴다. 집 앞에 있는 양화대교로 달려가 생명의 전화를 붙들 상황은 아니니 염려마시라. 후대에 변조와 가짜 논란을 막고자 육필로 쓰는 것이다. 재산이 5조 5억 원이라 변호사 불러다 유언장 공증할 팔자는 아니지만 바라는 것은 오지게 많기 때문이다.

반백 살도 안 된 나이에 10년째 유언장을 쓰고 있는데, 참 부지런하다 싶다. 하지만 오해 금지. 나는 작년에 잃어버린 주민등록증 재발급 신청을 미루고 미루다 여태껏 하지 못했다. 그 결과, 신분증이 있어야 들어가는 국회 토론회에서 여권을 내민다. 10개월째 운전면허증도 분실 상태라 두툼한 여권이 유일한 신분증이다. 환경오염을 이유로 적어도 5년은 비행기를 타지 않겠다고 선언한 이후에도 여권만은 뻔질나게 사용 중이다.

코앞의 미래에도 대비를 못 하고, 죽음을 생각하기에도 비교적 젊은 내가 유언장을 쓰는 이유는 나답게 살고 나답게 죽고 싶기 때문이다. 도대체 무엇이 '나답게'란 말인가. 나답게 산다는 게 무엇인지 알기 위해 한평생을 보내다 이제야 나답게 살아 볼라치면 끝나는 것이 인생이거늘. 나답게 사는 법을 알기가 어렵기에 거꾸로 나답게 죽는 방법을 생각해 보았다. 사는 세월보다 죽는 기간이 짧으니 가닥을 잡기 쉽기 때문이다. 그렇게 시작한 유언장 작성은 신분증 발급보다 중요한, 인생의 중심을 잡아 주는 활동이 되었다.

죽음을 떠올리면서 깨달은 사실이 하나 있다. 나는 아이스크림을 퍼먹으며 책 읽기를 즐길 수 있다면 120세까지 너끈히 살고 싶다! 좀 살아 보니 나이 들어도 세상은 여전히 신기하다! 젊어서 천둥벌거숭이 다혈질 인간이었던 나도 좀 더 나은 사람이 되어 가는 듯하다! 이런 나조차 변하는데 시간이 흐르면 다른 사람도 변한다는 거 아냐? 이 얼마나 희망적인가.

지옥 불처럼 이글이글 불타는 20대 페미니스트들에게 20대의 나보다 30대의 내가 더 좋아질 수 있다고, 더 많은 여성에게 30대보다 40대가, 40대보다 50대가 더 좋다고 말해주고 싶다. 그러니 지금만 절망하고, 오래오래 살아남아 세상이 변하는 꼴을 보자. 게다가 저속 노화의 대가 정희원 선생께서 초고령 나이에는 마음껏 고속 노화 식단을 먹어도 된다고 하셨다. 부디 우리 모두 그 특별한 기회를 쓰면 좋겠다.

예전에도 젊어서 산화한 커트 코베인이 마냥 멋져 보이지는 않았다. 그보다는 너바나의 드러머였던 데이브 그롤이 오랫동안 음악 활동을 지속하는 푸파이터스가 좋다. 그래서 《열하일기》의 저자 연암 박지원 선생께서 후학들이 먼저 세상을 떠나자 슬퍼했다는 일화를 들은 후 줄곧 그를 부러워했다. 적어도 80세 정도까지 사셨겠거니 했는데, 나중에 찾아보니 너무 오래 살아 외로웠다던 그는 겨우 68세의 나이로 세상을 떠났다. 그제야 환갑의 의미를 깨달은 나는 그 두 배인 120세를 오늘날의 환갑으로 치자고 마음먹기에 이르렀다. 소박하게 이 시대의 환갑 정도까지 살고 싶달까.

박지원은 삼년상을 치르던 엄혹한 유교의 시대에 본인의 사전 장례식을 치른 선구자이기도 하다. 나는 박지원이 직접 만든 반찬을 자식에게 보내거나 본인의 사전 장례식을 치른 면모를 가장 좋아한다. 나 역시 새해를 맞을 때마다 유언장을 쓰는 첫 단계로 사전 장례식부터 구상한다. 이는 딸이 어머니의 자발적 소멸 과정을 기록한 비류잉의 책 《단식 존엄사》를 읽으며 더욱 굳어졌다. 저자의 어머니가 사전 장례식을 치르는 모습이 영화 〈써니〉에서 고교 동창들이 모여 친구를 추모하며 춤추던 장례보다 더 좋아 보였다. 백문이 불여일견이라고, 장례식 당사자가 체험할 수 있다는 점에서 말이다.

저자는 어머니가 평소 즐기던 요가와 바느질, 책 읽기를 못 할 정도로 건강이 나빠지자 죽을 날을 정한 후 천천히 곡기를 끊는 과정을 기록한다. 그의 어머니는 저 멀리 유럽에서 안락사를 할지 고민하다 한 달에 걸쳐 단계적으로 단식을 한다. 건강을 위한 단식과 다른 점은 물이나 효소 섭취 등도 끊어 버린다는 점이다. 비슷한 방식으로 100세에 생을 마감한 철학자 스콧 니어링의 타이완 판인데, 평범한 여성의 구체적인 실행기라 더 공감이 되었다.

내가 일했던 시민 단체 활동가들은 연말마다 일주일간 단식을 했는데, 얼굴이 맑아지고 몸이 가볍다는 둥 너무 좋다고 간증을 해 댔다. 13년간 그 말을 들으면서도 나는 한 번도 참여하지 않았다. 건강하기 위해서 안 먹는 괴로움을 감당할 자신이 없었다. 하지만 《단식 존엄사》를 읽은 후 시도해 보기로 마음먹었다. 단식 존엄사를 대비하자고 마음이 돌아선 것이다. 미리 좀 해 보고, 도저히 못 하겠다 싶으면 유럽 안락사 쪽으로 계획을 틀어야지. 단식 존엄사는 포기하더라도 암튼 단식이 건강에 그렇게 좋다고 합디다.

다음은 준비할 시간도 없이 비명횡사하지 않는다는 전제 아래 구상한 나의 사전 장례식 모습이다.

초청 명단

작은 결혼식처럼 내가 좋아하는 사람들만 부를 거다. 곧 죽게 생겼는데 예의고 나발이고 다 필요없고 '나'님 보시기에 좋으면 된다. 그런데 초청 명단을 작성하고 보니 나란 인간은 죽을 때 보고 싶은 사람이 한 줌밖에 안 되는, 내 기대보다 훨씬 내향형이었다. 목소리가 커서 '말술깨나 마시겠군'이라는 오해를 사곤 하지만 술을 전혀 못 마시는 것처럼 말이다.

그런데 어떻게 살고 있냐면 일하느라 많은 사람을 만나서 혼자 있을 때가 거의 없다. 그런 반면에 서로의 삶에 닻을 박아 둔 소중한 사람들에게는 '바쁘다, 다음에'라는 말을 기관총처럼 발사해 왔다. 초청 명단을 적다 보니 큰 병에 걸린 후 "헛살았군?" 하고 깨닫는 영화 주인공이 된 기분이다. 나 지금 뭐 하고 있는 거지?

반대로 사람에게서 상처받거나 부대낀 날에도 명단을 들여다본다. 그가 내 장례식에 부조금 들고 와도 손사래 치며 거절할 텐데 내가 왜 이렇게 분노하는가, 어느새 마음이 살짝 가벼워진다. 넌 어차피 내 인생에서 중요하덜 않혀, 그러니 나는 괜찮다며 마음에 반창고를 붙인다. 내게는 화를 다스릴 때 틱낫한 스님의《화》보다 사전 장례식 명단이 더 효과적이었다.

오래도록 상처받는 경우는 장례식 명단에 한 자리를 차지한 사람이 걸렸을 때다. 한 줌도 안 되는 명단을 노려보면서 이 관계를 끝내도 후회하지 않을지 곱씹는다. 자존심이고 시시비비고 그건 나중에 마음이 풀리면 이야기하고, 지금은 (다소 억울해도) 싹싹 빌어서라도 이 관계를 유지할까 말까. 인간관계에 문제가 생겼을 때 나는 사전 장례식 명단을 꺼내 보고 어떻게 할지를 정한다. 죽을 때 보고 싶은 사람이 내 관계의 기준인 셈이다.

공간

사전 장례식을 병원에서 하면 송장 치우는 느낌이라 집이나 편한 장소를 빌려서 하고 싶다. 만약 집이 안 된다면 어디가 좋을까? 사전 장례식을 떠올린 다음부터는 좋은 데 보면 여기가 내 장례식 하기 괜찮을지 따져 본다. 괜찮다 싶은 곳이 나타나면 곤충채집 하는 아이처럼 목록에 적는다. 고로 건강할 때 어딜 많이 다녀 보고 경험해 봐야 내 취향에 맞는 장소를 찜할 수 있다.

그렇지만 암만 생각해도 사전 장례식 장소로는 내가 사는 집이 가장 좋다. 서로 아는 사람끼리 모아서 초대하고 무리에 따라 시간대를 나누면 작은 집에서도 장례식이 가능하지 않을까. 그러니까 집은 내가 가장 사랑하는 공간인데, 나는 그 사실이 참을 수 없이 좋다. 우주의 온전한 내 공간, 앞으로도 내가 좋아하는 것들로만 채우며 살아야지. 집에서 발 뻗고 죽고 싶다.

음식

자고로 잔치란 '기승전음식'이다. 일회용품을 사용하지

않고 채식 요리가 맛있어야 한다. 죽는 날 받아 놓고 수소문해 봤자 늦고, 평소에 그런 곳을 뻔질나게 애용해 봐야 딱 안다. 비건 음식도 가능하고 다회용기를 쓰는 '오색오미', '동네부엌좋은날', '지구커리' 등 제로웨이스트 케이터링 업체를 찜해 둔다. 평소 그렇게 살아야 그 결과가 쌓여 사전 장례식을 내 취향대로 치를 수 있구나, 새삼스레 깨닫는다. 사전 장례식 음식 목록을 적을 때면 비건 빵집이니 비건 맛집이니가 볼 의지가 치솟는다.

마침 일회용품 안 쓰는 커피 차인 '일회용없다방'을 운영 중이라 다회용기 세척 업체는 여러 곳 알고 있다. 부디 미래에는 더 많은 선택지가 생기고 서울 외 지역에서도 '제비(제로웨이스트+비건)' 케이터링이 가능하길 비나이다. 그래야 어디에 살든 일회용품과 동물성 성분 없는 장례식을 수월히 준비할 수 있다.

그런데 혹시 비명횡사라도 하면 이 모든 계획이 아무 소용 없다. 그때 가능한 장례식장으로 가야 할 텐데, 장례식장에서는 연간 용기류 1.3억 개, 접시류 1.1억 개, 식기류 1.3억 개의 일회용품이 사용된다.ↄ 웬만한 장례식장에서는 일회용

ↄ   "장례식장에서 벌어진 김해시의 실험, 놀랍습니다",《오마이뉴스》, 2023년 9월 23일

접시에 국, 반찬, 밥이 나오고, 일회용 숟가락과 나무젓가락, 종이컵이 마구 사용된다. 제로웨이스트 덕질로 살아온 내가 삶을 이렇게 마무리한다면 좀 원통하지 않겠는가.

찾아보니 김해시는 전국 최초로 장례식장에 다회용기를 도입해 연간 63톤의 일회용품 사용을 줄였고,⌇ 이어 춘천시도 다회용기를 도입할 예정이다. 시행 전에는 상주와 조문객의 반발이 우려됐으나 시행 후에는 되레 격조 있는 장례라며 상주들의 만족도가 높다고 한다. 비행기에서도 비싼 일등석에만 다회용기를 제공하지 않는가. 하지만 김해와 춘천에는 사돈의 팔촌까지 뒤져도 연고가 없으니 내 장례식을 거기서 치를 수는 없는 노릇이다.

환경부는 장례식장 일회용품을 줄이기 위해 일회용품 사용 금지 업종을 '조리시설 및 세척시설'에서 '세척시설'로 개정할 계획이었다. 조리된 음식을 빈소에서 담기만 하면 일회용품 사용 금지가 적용되지 않기 때문이다. 그러나 환경정책이 후퇴하면서 없는 일이 되어 버렸다.⌇

어느 장례식장에서나 다회용기와 채식 육개장을 선택

⌇ "김해시, 민간장례식장 다회용기 보급… 63톤 감축", 《KBS뉴스》, 2023년 6월 12일

⌇ "문상객에게 '일회용품 안 쓸 자유'를 허하라", 《단비뉴스》, 2024년 6월 14일

할 수만 있어도 사서 걱정할 필요는 없을 텐데 말이다. 역시 120세까지 살아남아 환경부 정책이 변하는 것을 보는 수밖에 없다. 정책 하나에도 갑남을녀의 삶이 추풍낙엽처럼 흔들리거늘, 정부는 올바른 정책을 시행하라!

한 가지 다행이라면 내가 대기업에 다니거나 전문직 종사자가 아니라는 것이다. 내로라하는 대기업에 다니거나 변호사나 의사처럼 전문직의 경우 장례 소식이 뜨면 자동으로 회사 이름 등이 인쇄된 일회용품이 지급된단다. 개인이 거절해 봤자 소용없다. 일회용 장례식의 컨베이어 시스템이 돌아가면서 상조 회사는 공짜로 일회용품 받아서 좋고, 회사나 협회는 생색내서 좋고, 이렇게 쓰고 버리는 시스템이 착착 굴러간다. 이걸 끊어 내는 일을 살아생전에 열심히 해야 하는 것이다.

프로그램

사전 장례식에서는 참석자들에게 나를 위해 쓴 편지를 읽어 달라고 하고, 내가 주인공으로 나오는 〈쓰레기 덕후 소셜클럽〉이라는 다큐멘터리를 보고 싶다. 남사스럽든 말든 그날만큼은 자의식에 '어깨 뽕'을 달아 주는 거다. 장례식 배경음악으로는 쇼팽에, 뱀파이어위켄드에, 브로콜리너마저에……. 알뜰살뜰 써 내려가다 보면 장례식인지 팔순 잔치인지 모를 경지에 이른다.

가장 해 보고 싶은 행사는 내 물건 경매다. 어느 행사든 제일 재밌는 순서가 바로 물건 경매더라. 쓰레기는 줄이고 장례식은 재밌어지고 경매금을 모아 기부할 수 있으니 일석삼조. 경매 후 남은 물건 중 쓸만한 것은 아름다운가게나 굿윌스토어에 보낼 것이다. 내가 죽은 후에도 내 물건이 쓰임새 있게 잘 사용되면 좋겠다. 또한 내 나이 50부터는 꼭 필요한 물건은 좋은 것으로 사서 고이 쓰고, 소유하는 물건의 수는 줄이겠다. 내 사후에 남은 물건 뒤치다꺼리할 일을 줄여 주고 싶다.

이렇게 사전 장례식을 기획하다 보면 전지적 독수리 시점에서 인생이 내려다보인다. 순간의 감정이나 단편적 사건은 선풍기 바람에 날아가 버리는 코딱지처럼 가벼워진다. 반대로 어떤 중요한 변화가 생겼는지, 누가 곁에 머물고 누가 떠나갔는지 인생의 등고선이 그려진다. 명언이 쏟아지는 《수상록》의 저자 미셸 몽테뉴는 하도 죽음을 생각해서 죽음의 전도사로 불린다. 그는 말에서 떨어지거나 건물 타일이 떨어지는 것을 보거나 바늘에 찔리기만 해도 스스로에게 물었다. "지금 당장 내가 죽는다면?"

하지만 정말 죽고 싶어서 늘 죽음을 생각한 것은 아니다. 몽테뉴가 생각한 것은 죽음을 통해서 더 극명하게 와닿는 삶이었다. "인생은 그 자체로 목적이고 목표여야 한다. 죽음은 분명히 끝이지만, 인생의 목표는 아니다." 그는 죽음을 받아들이지 않고서는 삶을 온전히 실현할 수 없음을 알고 있었다.

죽음의 순간을 구체적으로 떠올리면 내가 좋아하는 일상, 옳다고 여기는 대의, 누구를 더 사랑하고 돌볼지, 어떤 일에 집중할지 정리할 수 있다. 그렇게 나답게 살아가는 법을 조금씩 알게 된다. 그래서 김영민 선생께서도 "아침에는 죽음을 생각하는 것이 좋다"라고 하시지 않았을까. 게다가 자신이 언제 죽을지 아무도 모른다. 인생의 의미는 내가 구하는 것이 아니라 삶이 내게 묻는 거고, 죽음은 아랑곳없이 닥친 결과다. 그러니 죽음이 뜬금없어 보일 때 지금 당장 죽어도 원하는 방식으로 죽을 수 있을지 고민해 보고, 그렇게 살아가면 좋겠다.

내게는 지금의 나보다 젊은 나이에 갑자기 큰 병에 걸려 세상을 떠난 언니가 있다. 나는 죽음이 얼마나 가까이 있는

지 무참히 깨달을 수밖에 없었다. 그전에는 건강할 때 죽음을 생각하는 것은 물고기가 자전거 타는 법을 배우는 것만큼 쓸데없는 일로 여겼다. 정작 마지막 순간에는 육체의 병에 잠식당해 '내가 아닌 존재'가 된다는 것을 몰랐다.

죽음 앞에서는 죽음을 생각할 수가 없다. 죽음은 피와 똥오줌을 흘리는 유기체의 생리적 과정이라 그 자체에도 에너지가 든다. 에너지가 남아 있더라도 그 생의 에너지를 끌어모아 오로지 마지막 시간에 바친다. 죽음 앞에서 우리는 가장 삶에 절실해진다. 인생을 정리하고 남겨질 사람들을 생각하는 것은 사치다. 평소에 나를 들여다보면서 어떻게 죽기를 원하는지 생각해야만 나답게 죽을 수 있다. 내게 그 답은 결국 어떻게 살고 싶은지에 대한 답이기도 했다. 언니의 장례를 치른 후 나는 부모님이 들어 놨던 내 생명보험을 해지하고 유언장을 쓰기 시작했다.

결혼도 안 하고 혈연관계가 아닌 친구와 사는 나는 나답게 죽지 못할 가능성이 농후하다. 원 가족은 세상의 상식에 따르는 사람들이라 '근본 없이' 죽기를 원하는 내 방식을 받아들이기 힘들 것이다. 그래서 유언장 성립 요건을 찾아보며 정확하게 작성하려고 노력했다.

유언장은 일정 형식을 갖춰야 인정된다. 이름, 주민등록번호, 생년월일, 주소, 작성일, 작성 장소를 정확히 적는다. 그리고 자필로 서명해야 한다. 유언장을 고칠 경우 최종본을 남기고 나머지 유언장에는 철회한다고 써 두어야 한다. 희망한다면 미리 보건소에서 연명의료 거부 신청을 해 놓고, 사랑의장기기증운동본부를 통해 장기기증 등록을 해 둔다. 장기기증 신청을 하면 등록증과 스티커가 오는데, 이 스티커를 주민등록증에 붙여 놓는다. 나도 새로 발급받을 주민등록증에 장기기증 스티커를 다시 붙여야겠다.

특히 나 같은 처지라면 제도적으로 본인이 미리 준비할 수 있는 것은 최대한 해 두는 게 좋다. 임의후견제도를 통해 내 뜻대로 유언을 집행해 줄 대리인을 선정해 놓고, 상속은 공증해 두는 게 안전하다. 유산을 물려주고 싶은 사람이 원가족과 일치하지 않을 경우 불필요한 분쟁을 예방할 수 있다. 혹시 문제가 되더라도 법정상속분의 ⅓만 직계존속과 형제자매에게 할당된다. 나는 남길 재산이 많지 않아 자필 유언장으로 갈음했다. 나중에 로또 맞으면 꼭 공증받아 둬야지. 결혼한 사람들은 안 해도 되는 일에 시간과 돈을 써야 한다니 분하다. 하지만 준비를 소홀히 해서 원하는 대로 못 죽는다면 죽어서도 원통할 것 같다.

다음은 내 유언장의 일부다.

3. 서신은
1) 유언
2) 재기
제
3) 현행
(화학
안게
부담
4) 저

4. 나의 유
1) 서울
(77
2) 통지
남
시
3) 유사
1)

나는 나의 자필로 다음의 유언

1. 유언자는 다음의 사람을 유언
유언집행자 : 성명 : 주현
주소 : 서울시 마포구 조은로
관계 : 동거인 (친구)
주민등록번호 : 77 0222 -

2. 나의 장례식은 아래다
장례식 실무 담당자 : 윤
장례식 초대 명단 : 아래
만약 내가 사전장례식을 거행
만약 내가 사전장례식을
유언자는 남의 눈치대로 살지
고집스럽게 치르고 싶습니다.
1) 사전연명치료를 하지 마
2) 부조금과 화환 등을 받
3) 영

1. 유언자는 다음의 사람을 유언 집행자로 지정합니다.

유언 집행자 성명: ○○○

주소:

관계:

주민등록번호:

2. 나의 장례식은 아래와 같이 치러 주시기를 부탁드립니다.

장례식 실무 담당자: ○○○

장례식 초대 명단: 아래 별도 첨부

만약 제가 사전 장례식을 거행했다면 장례식 없이 시신 처리 절차를 밟아 주세요. 만약 사전 장례식을 치르지 못했다면 아래와 같이 장례를 치러 주세요. 유언자는 따분하게 남의 눈치대로 살지 않았고, 생의 마지막 절차도 마음대로 고집스럽게 치르고 싶습니다.

사전 연명의료 거부 신청을 해 두었으니 연명의료를 하지 말아 주세요. 일체 부조금과 화환 등을 받지 않습니다. 영정 사진은 해마다 제가 룸메이트와 함께 사진관에 가서 찍어 놓은 사진

중 유언 집행자가 선정해 주세요.

사전 장례식 초대 명단에 실린 사람들을 초대해 간단히 치러 주세요. 장례 음식은 친환경 고구마와 공정무역 커피와 차, 비건 빵, 주먹밥으로 간단히 대접합니다. 일회용품은 사용하지 않습니다. 초대된 사람들은 텀블러와 손수건을 각자 가져와 주세요. 장례식에서는 사전 장례식 목록에 적혀 있는 노래와 영상을 틀어 주세요. 장례식 비용은 유언 집행자에게 남긴 유산에서 집행합니다.

3. 시신은 다음과 같이 처리해 주십시오.

유언자는 사망 시 기증할 수 있는 장기를 모두 기증하고자 합니다. 제가 좋아하는 잠옷으로 입혀 주시고 메이크업 없이 처리해 주세요. 제 침실에 있는 ○○ 인형을 안겨 주세요.

현행법 내에서 가장 빠르게 부패하는 방법으로 처리해 주세요.(개인적으로 시신이 새들의 먹이가 되는 몽골식 '조장'이 좋지만, 유언 집행자가 실행하기엔 너무 어려운 일입니다. 제 유골이 화학 처리를 거치지 않고 도자기처럼 썩지 않는 관에 들어가지 않게 해 주세요. 얇은 거즈 천에 싸여 흙으로 분해될 수 있도록 처리해 주세요.)

어릴 적 집 앞마당에서 가족과 함께 무화과를 따 먹어서 무화과를 좋아합니다. 저를 위해 무화과나무를 심어 주세요.

4. 나의 유산은 이렇게 처리되기를 원합니다.(분배와 기증 항목)

부동산의 경우 주소 등 항목을 정확히 기재하기

통장 잔고 처리

빚이 있다면 어떻게 처리할지 여부

수증자에게 줄 유산에는 장례 실비용과 장례식 실무를 맡은 ○
○에게 ○○○원을 지급하는 유증 비용이 포함됩니다.

5. 나의 재산 관계나 가족관계에 변화가 있었음에도 미처 유언
장을 수정하지 못하고 사망했을 경우에는 다음을 따릅니다.(기
증 등 한 번에 정리될 사항이 있다면 적어 놓기.)

작성 연월일

유언자: 고금숙(본인 이름)

주소:

주민등록번호:

마지막으로 내가 좋아하는 멋진 언니 중 한 분인 시몬

드 보부아르 님의 잘 늙는 방법을 몇 가지 공유한다.(에릭 와
이너의 《소크라테스 익스프레스》에 실린 글을 참고했다.)

과거를 받아들이자. 삶을 의미 있게 해 주는 친구를 사
귀고, 타인의 생각이나 평가에 신경 쓰지 말자. 호기심을 잃
지 말고, 자기 존재에 의미를 부여해 주는 사회적·정치적·지
적·창의적 작업을 추구하자. 인생에서 모든 것을 최대한 많
이, 오랫동안 즐겼으므로 때로는 모든 일을 멈추고 쉬는 한
때를 보내자. 내가 끝마치지 못한 일은 다음 세대가 끝마쳐
줄 것이다.

부디 120세에 내가 뿌듯한 마음으로 이 글을 보면 좋겠
다. 나답게 사는 것이 가장 잘 늙어 가는 것 아니겠는가. 좋아
하는 것은 더 좋아하고 싫은 건 눈치 보지 않고 버리고, 건강
염려 없이 먹고 싶은 걸 먹을 수 있는 나이, 나는 늙어 가는
시간이 기대된다.

망원동을 어슬렁거리는 호모 쓰레기쿠스로 제로웨이스트 가게 알맹상점과 리페어카페 수리상점 곰손 운영 중. 늙어 가는 시간을 기대하는 마음으로 집필에 참여했다. 110세부터는 고속 노화 식단을 마음껏 즐길 예정이다.

홀 로 와   함 께   사 이

논 픽 션   작 가   김 희 경

1967년생. 스스로 서는 삶은
어디에 기댈 것인지를 내가 선택할 수 있는 삶이다.

매일의 시시한 과제, 사소한 습관이

처음으로 늙어 보는 시간을 견디며

자신의 길을 찾아갈

마음의 근육을 키워 준다.

시간이 많은 어른이 되었다.

나는 30년 가까이 매일 출퇴근하던 생활을 접은 뒤 4년째 비정규직 프리랜서로 일하고 있다. 객원교수로 출강하는 것과 같은 최소한의 정기 일정 외의 시간 대부분은 온통 내 차지다. 예전에 종종 녹초가 되어 귀가하던 늦은 퇴근길에서 페터 빅셀의 산문집 제목(《나는 시간이 아주 많은 어른이 되고 싶었다》)을 떠올리며 간절히 바랐던 것처럼, 내 마음대로 쓸 수 있는 많은 시간을 나도 갖게 된 것이다.

사실 정시 출퇴근을 하지 않을 뿐이지 계속 일하고 있으니, 많아진 시간이 다 여유롭진 않다. 정해진 대학 강의 외에 프리랜서로 하는 강연, 글쓰기, 자문 등으로 종종 시간에 쫓긴다. 어떨 땐 일에 쏟는 시간이 예전과 별반 달라지지 않은 것 같기도 하다. 다만 내 시간을 내가 통제할 수 있다는 점이 큰 차이랄까. 원치 않는 일이 종주먹을 들이대듯 불쑥 밀고 들어오거나 지루함과 무의미를 감수하며 쓸모없는 일에 시간을 죽여야 하는 상황이 없어진 것만으로도 시간이 풍족한 사람이 된 듯한 해방감을 느낀다.

시간을 사용하는 방식이 달라지면서 겪은 큰 변화는 혼자 지내는 시간이 늘어났다는 점이다. 서두르지 않고 오롯이 혼자 보내는 아침 시간이 요즘의 내겐 가장 큰 사치다. 스트레칭을 하고 느긋이 아침을 먹은 뒤 산책하거나 등에 햇볕을 쬐며 커피를 마시면서 책을 읽는다.

워낙 혼자 지내는 시간을 좋아하지만, 늘 마음이 평온하지는 않다. 직업 안정성이 없는 프리랜서로서 시간에 대한 통제권을 얻은 대신 불안은 피치 못할 대가다. 요즘 뭐하냐는 지인들의 질문에 이것도 하고 저것도 한다는 번잡한 설명이 스스로 군색하게 느껴질 때면 살짝 수치스러운 기분이 든다. 더 왕성하게 일해야 할 듯한 나이에 벌써 이렇게 뒷전으로 물러선 것처럼 살아도 되는지 걱정스럽기도 하다. 직장을 그만둔 일이 처음도 아닌데, 사람의 마음에는 다른 존재로 바뀌는 전환에 저항하려는 경향이 본능처럼 내재하기라도 했는지 과거의 정체성으로 돌아가고 싶은 유혹도 가끔 느낀다.

떠나보낸 것에 대한 애도와 새로운 삶에 대한 적응을 서두르지 말고 내 호흡에 맞추자고 다짐하다가도 마음이 복잡해지면 무작정 나가 집 앞산을 쏘다닌다. 평일 오후 낮은 산의 숲속에는 노인들이 제법 많다. 눈이 마주칠 때마다 살짝 미소를 짓던 고운 할머니가 오늘은 안 보이네 생각하며 걷던 어느 날, 문득 깨달았다. 노인이 되면 이렇게 살겠구나……. 요즘 나의 생활이야말로 노년기 예행연습이 아닌가. '이후'를 미리 살아 보는 드문 경험이 아니겠는가.

사람은 누구나 나이 들수록 혼자 지내는 시간이 늘어난다. 일과 관계의 반경이 줄어들기 때문이다. 통계청의 2019년 생활시간조사를 보면 수면과 노동 시간을 제외하고 1인 가구 여성의 경우 청년(19~34세)일 때 하루에 3.9시간을 혼자 있지만, 노년(65세 이상)이 되면 7.6시간을 혼자 보낸다.

배우자와 자녀가 있어도 정도의 차이만 있을 뿐, 청년층보다 중장년을 거쳐 노년으로 갈수록 혼자 있는 시간이 늘어나는 것은 마찬가지다. 80대에 혼자 사는 내 어머니를 봐도 그렇다. 어머니는 1주일에 정기 모임 두 곳에 나가고 가끔 딸들과 손녀, 친구들을 만나는 것 말고는 매일 성당에 가거나 운동을 하면서 많은 시간을 혼자 지낸다.

혼자 사는 노인도 늘어서 보건복지부의 2023년 노인실

태조사를 보면 노인 3명 중 1명은 혼자 산다. 친구·이웃·지인과의 왕래도 3년 전 조사 때보다 줄었다. 노인의 경제적 빈곤 못지않은 관계 빈곤이 점점 두드러진다. 고독사에 대한 사회적 논의가 늘어나면서 관계의 중요성이 강조되는 추세지만, 그보다 먼저 나는 혼자 잘 지내는 것부터 이야기하고 싶다. 잘 나이 들기 위해 내가 주의를 기울이는 것 중의 하나가 '혼자'와 '함께' 사이에서 균형 잡기이기 때문이다.

× × ×

나의 경우 나이 들어 가면서 혼자 지내는 시간의 감각은 한창 바쁠 때 혼자 지내던 것과 질적으로 다르다. 바쁠 때 혼자 지내는 것은 달콤한 휴식이기도 하고 집중력을 회복하고 에너지를 채우는 시간이다. 그와 달리 나이 들어 가면서 혼자 지내는 시간이 늘어난 지금은 내 안에서 뭔가 재편성이 일어나는 듯한 느낌이다. 사회생활을 하면서 썼던 여러 개의 얼굴 중 내게 착 붙지 않던 나 아닌 것들이 떨어져 나간다. 예전에 중요했던 것들이 뒤로 물러나고 과거에 소홀했던 것들을 다시 바라보게 된다.

예컨대 '역할'이라는 렌즈로 나 자신과 사람들을 바라봤던 시각이 바뀌는 중이다. 과거엔 나에게 주어진 책임과 의무, 내 역할에 대한 자각이 지나치게 강했다. 그 덕분에 다른 사람에게 신뢰를 줄 수는 있었겠지만, 거의 늘 내 일상은 곧 끊길 듯 팽팽했다. 역할에 집중하다 보니 남을 대할 때도 그 기준을 적용했다. 머릿속으로는 역할과 존재를 둘 다 중시하는 균형추가 필요하다고 생각하면서도 실제로는 역할에만 방점을 찍었다. 그러다 보니 사람을 있는 그대로 받아들이는 것에 서툴렀다. 그런 나 자신을 되돌아보면서 존재 자체로 소중한 사람의 가치에 대해 다시 생각하게 된다. 그렇게 내게 중요한 가치들의 우선순위가 재배치되는 과정이 내 안에서 일어난다.

마음 안의 논쟁을 홀로 지켜보는 시간은 때로 외롭고 불안하고 두렵다. 인지증을 앓고 요양 병원에 입원 중인 아버지를 만나고 돌아오는 날이면 느린 소멸을 목격하는 경험을 나의 과제로 소화하려 애쓰지만, 삶이 시들어 가는 과정의 비참에 마음이 한없이 쪼그라든다. 나이 들어 혼자 지내는 시간은 겉으로는 고요하지만 삶을 둘러싼 많은 것이 변화하는 시간이다. 자신에 대해 너그러움도 필요하고 일관된 삶의 줄기를 만들어 줄 연속성도 필요하다. 나는 그 연속성을 숲에서 찾았다.

직장에서 풀려난 뒤 내가 가장 잘한 선택은 3년 전 낮은 산 근처로 이사를 온 것이다. 지금 사는 집에서는 창밖에 바로 산이 보이고, 현관을 나가 10분가량 걸으면 산에 들어선다. 매일 아침 새 소리에 잠에서 깨고, 창밖으로 산을 오래 바라보다가 무심코 볼 때는 정물처럼 보였던 산이 거의 모든 순간 크고 작은 물결처럼 일렁인다는 것도 알게 되었다.

나는 기분이 좋아도, 우울해도, 화가 나도, 기쁠 때도 혼자 앞산의 숲에 간다. 감당하기 어려울 만큼 괴로운 일이 있으면 그만큼 더 다급하게 숲에 간다. 시시각각 변하는 숲의 냄새와 색깔, 소리를 사랑하고, 작은 구석에서 살아가는 생명으로서 나보다 더 큰 생명에 연결되어 있다는 것을 숲에서 실감한다. 내게는 숲속이 가장 평화로운 공간이고 온전한 나를 만나는 시간이다. 나 자신을 견디기 어려울 때면 나로부터 달아나기 위해서도 숲에 간다.

별일이 없는 한 저녁을 먹기 전에 산에 가서 숲속을 걷다가 노을을 본 뒤 집에 돌아오는 것이 내가 고수하는 일과이다. 계절에 따라 시간이 약간씩 달라지긴 해도 매일 숲에 가는 확실한 기쁨에 기대어 내 삶의 리듬을 만들어 간다.

숲에 갈 때면 종종 오래전 인류학 수업 때 들은 '경계 지대'라는 개념을 떠올린다. 삶의 한 단계에서 다른 단계로 넘

어가는 전환의 시기, 정해진 것 없이 모호하고 불투명한 시공간의 지대, 어느 쪽에도 속하지 않은 경계의 지대를 가리키는 개념이다. 수업 시간에는 성년으로 넘어가는 통과의례의 과정을 설명하는 개념으로 배웠지만, 삶의 어느 단계에서든 경계 지대를 지나야 하는 일은 반복되는 듯하다. 문턱을 넘어 더는 뒤로 돌아갈 수 없고, 흔들리고 불안한 미지의 세계를 향해 떠나는 과정 말이다.

은퇴하고 나이 들어 가는 것도 그와 비슷한 과정이 아닐까. 유동적인 경계 지대의 시간에서는 얻는 것과 잃는 것이 엇갈리고 끝과 시작이 교차한다. 이러한 변화의 시간을 잘 통과하는 방법의 하나는 사소하더라도 매일 실천하는 과제를 만들어 내는 것이다. 소설가 무라카미 하루키가 날마다 달리기를 하며 되뇌었던 말마따나 "이건 내 인생에서 아무튼 하지 않으면 안 되는 일" 같은 일과가 필요하다.

일과의 중심이 내게는 숲이지만 어머니에게는 성당에 가는 일이다. 또 어떤 누구에게는 책 읽기, 운동, 그림 그리기나 악기 연주 등 자기만의 일과를 만들어 내는 다양한 방법이 있을 것이다. 매일의 과제가 거창할 필요도 없다. 좋아하는 일, 반복해도 질리지 않는 일이면 된다. 매일의 시시한 과제, 사소한 습관이 처음으로 늙어 보는 시간을 견디며 자신의 길을 스스로 찾아갈 마음의 근육을 키워 준다.

×××

혼자 지내는 시간이 길어지다 보니 사람과의 관계에 대한 생각도 예전과 달라졌다. 번잡한 일정이 빼곡했던 예전엔 종종 선약이 있다며 양해를 구하고 모임을 빠져나왔다. 선약은 나 자신과의 약속이다. 그렇게 해서라도 오롯이 혼자 지내는 시간이 하루에 2~3시간, 1주일에 최소 하루는 있어야 번다한 일과 만남을 감당할 수 있었다. 안 그러면 익사할 것 같은 기분이었다. 프리드리히 니체는 "하루의 3분의 2를 자신을 위해 쓰지 못하는 사람은 노예"라고 했다던데, 그렇게까지는 못하더라도 하루에 2~3시간은 나를 위해 쓸 수 있어야 하지 않은가.

지금은 거꾸로다. 워낙 혼자 지내는 시간을 즐기다 보니 점점 만나는 사람이 줄어들고 연락이 뜸해진다. 계속 이렇게 살다 가는 고립된 외톨이가 될지도 모르겠다는 위기감이 슬며시 찾아온다. 관계 속에 있을 땐 혼자 있고 싶어지고, 혼자 있는 시간이 길어지면 연결되고 싶어 하는 이 마음은 그저 변덕일까.

골드스미스 런던대학교의 마도카 쿠마시로 심리학 교수에 따르면 그런 마음은 평형을 추구하는 자연스러운 심리다. 사람에게는 정도의 차이는 있어도 관계에 몰두하는 날엔 자신에게 집중하고 싶어지고, 자신에게 너무 몰두하면 관계에 집중하고 싶어지는 경향이 있다. 관계의 필요와 개인적 필요는 서로 충돌하는 것도 아니고 둘 다 동시에 추구해야 할 가치다.

내가 혼자 지내는 시간이 흡족한 것도 아직까진 소속된 관계와 연결망이 바탕에 깔려 있어서 혼자 지내는 삶이 고립으로 귀결되지 않기 때문일 것이다. 책《에이징 솔로》를 쓸 때 인터뷰한 61세의 비혼 여성은 연결되어 있으면서도 혼자인 것을 즐기는 마음에 대해 명언을 남겼다.

"나는 이 세계에 소속되어 있어요. 필요한 만큼. 그리고 분리돼 있어요. 소외감을 느끼지 않을 만큼."

나이 들어서 중요하게 보살펴야 하는 관계는 친구다. 예전에 나는 친구 맺기를 위한 노력이 필요하다는 생각을 별로 해 본 적이 없었다. 학교와 회사에 다니는 동안에는 큰 노력을 기울이지 않아도 비슷한 환경에서 서로에게 끌리고 친구가 되는 일들이 일어났다. 그냥 옆에 있는 존재가 자연스럽게 친구가 되었다.

성인이 된 뒤에는 친구를 사귀려고 노력하는 것도 어쩐지 어색했다. 소개팅이나 맞선보다 자연스럽게 만나는 연애를 더 우위로 쳤던 것처럼, 친구도 자연스럽게 만나는 사이가 진짜 친구라고 생각했나 보다. 가족과 연인에 비하면 친구는 시간을 덜 투자하는 대상이었다. 명시적으로 표현한 적은 없지만 우정을 사랑보다 한 단계 낮은 관계로 여겼던 듯도 하다. 대체로 연애를 시작하면 서서히 친구들에게 연락이 뜸해지는 일을 겪지 않던가. 결혼해서 각자의 가족을 꾸리게 되면 가족을 건사하느라 또 친구 사이가 멀어진다.

사귀려고 특별한 노력을 하지 않았듯, 친구와 멀어질 때도 관계를 회복하기 위한 별다른 노력을 하지 않았다. 관계가 어긋났을 때도 풀려고 애쓰기보다 서서히 멀어지는 것을 내버려뒀다. 체념하고 마음을 거둬들였다. 우정은 사소한 것이 아닌데, 좋은 연애처럼 좋은 친구도 나의 가장 좋은 모습을 끌어내 주는 존재인데, 곧잘 우정은 후 순위로 밀렸다.

'시절 인연'처럼 가고 오는 관계가 반복되고 나이가 들면, 소속된 사회적 단위가 줄어들수록 점점 친구가 줄어든다. 인연이 다해 자연스럽게 멀어지는 관계도 있지만, 노력하지 않아서 그리되기도 한다. 소셜 미디어가 만든 느슨한 관계가 넓어진 덕에 친구라 부르는 사람은 많아졌는데 정작 친밀하게 느끼는 사람은 줄어들었다.

철학자 마사 누스바움은 《지혜롭게 나이 든다는 것》에서 "나이 드는 사람에게 우정은 이루 말할 수 없이 귀하다. 우정이 있어야 도전이 있고, 위안이 있고, 살아 있는 느낌이 난다. 우정이 없으면 하루하루가 쓸쓸하고 빈약해진다."라고 썼다. 나이가 들면 불안감이나 권태나 쓰라린 후회 같은 많은 것들을 이겨 내야 하고, 그러려면 "고통을 즐거움으로 바꾸는 마법"인 일상적 우정의 경험이 필요하기 때문이다.

이런 우정이 거창할 필요도 없을 것이다. 사소한 농담과 장난, 남들에게 새어 나갈까 봐 걱정할 필요 없는 '뒷담화'를 나누고 취약함을 드러낼 수 있으며 서로의 삶에 대한 호기심, 배려 같은 마음과 행동의 복합적 작용이 나이 든 나를 지탱해 줄 수 있는 우정이다.

×××

내게도 그런 친구가 있다. 우리는 "남부끄러운 아무 말 클럽"이라는 괴상한 이름을 붙이고 흥이 날 땐 격주에 한 번,

아니면 한두 달에 한 번쯤 만나 아무 말이나 나누는 사이다. 나보다 다섯 살 많은 이 친구와는 끝도 없이 이야기를 나눠도 계속할 이야기가 남아 있고, 농담하다가 자기 고백적인 이야기를 불쑥 꺼내도 어색하지 않다. 유치한 농담을 주고받고 서로를 놀려 먹는다. 말을 고를 필요도 없고 대화가 끊겨 침묵하는 상황이 되어도 편안하다.

세상을 바라보는 가치관이나 사람을 판단할 때 중요한 기준은 비슷하지만, 이 친구와 나는 취미와 관심사가 다르고 삶의 속도도 다르다. 하지만 나는 이 친구가 나를 깊이 존중한다는 것을 느끼고, 내가 어려울 때 나를 기꺼이 도와줄 사람이라는 것도 안다. 나 역시 그에게 무슨 일이 생기면 만사 제치고 달려갈 사람 중의 하나다. 그런 앎이 주는 깊은 안정감이 있지만, 나와 무척 다른 그를 다 안다고 생각하지 않는다. 늘 이 친구가 궁금하고 더 알고 싶다.

이 친구를 나의 '솔 메이트'나 '베스트 프렌드'라고 부를 수 있을까? 글쎄다. 나와 모든 것을 함께하는 사이는 아니므로 언제 어떤 상황에서든 늘 가장 먼저 떠오르는 친구는 아니다. 그도 그렇고 나 역시 원하는 친밀성을 상대를 통해서만 얻으려 하지 않는다. 내게는 취향에 맞는 영화나 공연을 같이 보러 다니는 친구가 따로 있고, 술을 마시고 싶거나 산에 갈 때, 세상 돌아가는 상황을 내가 너무 모른다는 생각이 들 때 만나는 친구들이 따로 있다. 내 우정은 여러 사람에게 넓게 분산되어 있다.

나는 특히 여성들이 곧잘 말하는 '쏠메', '베프'가 낭만적 사랑과 일부일처제에서 영향을 받은 관념이 아닐까 의심한다. 다른 사람의 인생에서 가장 중요한 '오직 한 사람'이 되고 싶고 그런 사람을 갖고 싶은 열망, 애정은 오직 한 사람만을 향해야만 진실하다는 믿음을 우정에도 적용하고 싶어 하는 것 아닐까. 그런 소망이 '쏠메', '베프'를 원하는 마음에 배어 있지 않나 싶다.

한때는 그런 영혼의 벗이나 단짝 친구가 없다는 데 결핍감을 느낀 적도 있지만, 나의 우정은 한 사람만을 향해 직진하지 않는 것을 어쩌랴. 나는 가족이나 배우자와 달리 친구는 배타성이 없는 자유로운 관계인 것이 큰 특징이자 장점이라고 생각한다. 아무리 좋은 친구라도 한 친구는 나의 어떤 일면과 만날 수 있을 뿐이다. 인간이 맺는 여러 관계 중 우정의 독특함에 대해 소설가 클라이브 스테이플스 루이스는 《네 가지 사랑》에서 이렇게 묘사했다.

"내 친구들에게는 다른 친구만이 온전히 끌어낼 수 있는 무언

가가 있다. 나 혼자서는 그 사람이 온전히 발휘되도록 만들 수
없다. 그 모든 면을 완전히 드러내려면 나 말고 다른 사람의 빛
도 필요하다."

나는 그렇게 여러 빛을 지닌 다양한 우정의 연결망으
로 나를 둘러싸고 싶다. 모임을 좋아하지 않아 소수의 만남
을 선호하지만, 30~40대에 자녀를 키우느라 바쁠 때 멀어졌
던 친구들과 나이 든 뒤 다시 연결되면서 정기적 모임도 생
겼다. 대학 친구들과 다시 만나 놀다가 의기투합해 아마추어
극단을 만들어 해마다 공연을 해 온 지 벌써 4년이 넘어간다.
《에이징 솔로》를 쓴 뒤로는 책에 등장하는 대담자들과 한 달
에 한 번씩 만나 홀로 그리고 함께 잘 사는 방법을 궁리하는
모임을 하고 있다. 그간 거쳐 온 직장에서 친해진 동료, 후배
중에도 매 분기, 반기쯤의 빈도로 만나는 사람들이 있다.
　그저 만남이 필요해 사람을 만나려고 애쓸 필요는 없지
만, 친구에게 먼저 다가가려고 노력하는 것도 내가 나이 들
어 달라진 점이다. 종종 연락해 안부를 물으려고 노력하는
데, 부끄럽지만 이런 노력을 의식적으로 해 보는 것도 나이
든 이후의 일이다. 과거에는 인간관계의 맺고 끊음을 깔끔하
게 하는 게 좋다고 생각했는데, 어릴 때나 그렇지 나이 들면

곧잘 마음에 들지 않는 친구도 서로 꼴을 봐주고 견뎌 주는 게 미덕이다.

사람은 끼리끼리 모인다더니 내 오래된 친구들도 나처럼 대체로 무심하고 데면데면해서 서운할 때도 많다. 하지만 이 친구들은 내 삶의 오래된 목격자들이다. 적극적으로 마음을 표현하지 않아도 어떻게 살든 우리가 서로를 친구로 받아들이는 범위를 벗어나지 않을 것이라는 믿음이 있다. 내 의견과 감정을 억누르고 만나야 하는 게 아니라면, 되돌아올 반응을 기대하지 않고 손을 먼저 내미는 게 우정을 유지하는 열쇠라고 되새기면서 삐친 마음을 달래곤 한다.

× × ×

친구가 없고 연결감이 부족하다는 느낌이 든다면 일상 속의 미세한 상호작용을 늘려 가는 것도 방법이다. 경제학자 노리나 허츠는 《고립의 시대》에서 스치듯 지나는 관계에서도 가벼운 상호작용이 생각보다 의미 있는 영향을 끼친다는 연구 결과를 소개했는데, 이사 온 동네에서 아는 얼굴이 하나둘씩 늘어날 때마다 나 역시 미세 상호작용의 힘을 실감한다.

자주 가는 카페 사장님은 내가 커피 원두를 사러 갈 때마다 무슨 원두를 원하는지를 알아서 내주고, 이름을 말하지 않아도 내 마일리지 카드를 찾아 도장을 찍어 놓는다. 나만 보면 자신의 작은 키를 한탄하는 세탁소의 멋쟁이 사장님은 이제 묻지 않고도 동·호수를 정확히 기록해 둔다. 아파트 청소를 하는 아주머니와 경비 아저씨는 내가 혼자 다 먹어 치우기 곤란한 과일을 함께 나눠 먹는 사이다. 가벼운 인사를 나누는 사람의 존재가 삭막한 아파트 단지를 우리 동네라고 느끼게 해 준다. 외로운 기분을 달래는 데에는 소셜 미디어의 관계를 늘려 가기보다 현실의 가벼운 만남이 더 효과적이라고 생각한다.

노후에는 친구들과 가까운 곳에서 살면서 함께 늙어 가고 싶은 게 내 바람이다. 하지만 오롯이 혼자 지내는 나만의 시·공간도 포기하고 싶지 않다. 친구와 서로 돕고 의지하기를 바라지만, 내 노후를 친구에게 의탁하겠다는 생각은 하지 않는다. 내 친구들이 부담을 지면서까지 나를 감당해 주기를 바라지 않는다.

죽을 때 누가 내 곁에 있기를 바라는지 헤아려 본 적도 있는데, 아버지가 쓰러진 뒤 그런 상상도 부질없다는 걸 깨달았다. 아버지의 긴 와병 기간에 가장 자주 찾아온 친구는 오래된 관계가 아니라 아버지가 일흔 중반 넘어 만난 판소리

친구였다. 몇 년간 아버지와 함께 판소리를 했던 그분은 수시로 병문안을 오다가 코로나19로 면회가 금지되자 어머니에게 계속 전화를 걸어 아버지 상태를 묻고 걱정하더니 그만 먼저 세상을 떴다.

앞으로 살면서 언제 어떤 인연을 맺게 될지 알 수 없고, 인생의 마지막에 누가 내 곁에 있을지도 미리 계획할 수 없다. 내가 좋아하는 것을 삶의 중심에 놓고 그때그때의 인연을 맺고 살아가면 그뿐이다. 그러다 세상을 떠날 때 그 시절 내가 좋아하고 마음을 의지한 사람이 곁에 있으면 고마운 일이겠지만, 사실 나는 굳이 누가 옆에 있어야 한다고도 생각하지 않는다. 고독사에 대한 과장된 공포 때문에 혼자 죽는 것에 대한 두려움이 팽배해 있는데, 고독사와 고립사는 다르다. 고립되어 살다가 그 상태로 죽는 '고립사'가 우리가 두려워하는 고독사의 실제 내용일 것이다. 그게 아니라 나름대로 연결된 관계 속에서 잘 살아왔다면 임종을 지키는 사람 없이 혼자 죽는 고독사를 맞이한들 그게 뭐 대수로운 일일까.

마지막 순간에 누가 곁에 있든 없든 삶을 마무리하는 상황을 건사해 줄 사람은 필요한데, 그 사람은 막연하게 친구나 이웃이 아니라 제도가 뒷받침하는 관계여야 한다. 현재의 제도는 혈연과 법률로 구속된 가족만 인정하지만, 가족이 아니어도 내 운명을 기댈 사람을 가질 권리가 제도적으로 보장될 필요가 있다.

몇 년 전 차별금지법 제정을 위한 토론회에서 '운명을 기댈 권리'라는 말을 처음 듣는 순간, 가슴이 뭉클했다. 그런 권리가 있다는 생각조차 해 보지 못했는데, 혼자 사는 사람의 시민권을 생각하면 무엇보다 먼저 보장되어야 하는 권리다. 1인 가구가 점점 늘어나는데도, 토론회 발제자가 말한 것처럼 "내 운명이 위기에 처했을 때 가족이 없다는 이유로 누구에게도 기댈 수 없거나, 내가 기대고 싶은 사람에게 기댈 수 없거나, 원하지 않는 사람에게 기대야 하는" 상황은 바뀌어야 한다. 스스로 서는 삶은 어디에도 기대지 않는 삶이 아니라 어디에 기댈 것인지를 내가 선택할 수 있는 삶이니까 말이다.

그러려면 가족이 아니더라도 서로를 돌볼 친밀한 관계의 제도화가 필요하다. 생활동반자 제도가 1인 가구에게도 절실한 이유이고, 생활을 공유하지 않더라도 서로 돌봐 줄 연대관계인의 제도화가 필요한 이유다. 특정한 사람에게 기대지 않아도 삶의 마지막에 대한 자신의 결정을 지킬 수 있는 돌봄 체계의 공공화가 수반되어야 함은 물론이다.

그렇게 혼자 살아도 서로를 지지해 줄 연결망을 인생 마지막까지 가질 수 있는 사회, '홀로'와 '함께'의 공존이 누구에게나 가능한 선택지가 되는 공동체를 갖는 것이 나이 들어가는 내가 품은 소망이다.

논픽션 작가. 《에이징 솔로》, 《이상한 정상가족》 등 6권의 책을 썼고 《푸른 눈, 갈색 눈》 등 4권의 책을 우리말로 옮겼다. 책을 쓰고 번역하면서 〈동아일보〉 기자, 세이브더칠드런 권리옹호부장·사업본부장, 문화체육관광부 차관보, 여성가족부 차관으로 일했다. 2023년부터 강원대학교 문화인류학과 객원교수로 가족과 친족, 미디어를 강의한다.

나이가 몇 살이 되었든 사람은 계속 성장한다고 믿는다. 신체적 쇠락은 불가피할지언정 미래의 나와 불화하지 않기 위해 잘 나이 드는 일에 관심이 많다.

더 많은 '덴까이'에게 축복을

산부인과 전문의 윤정원

1985년생. 몸도 욕망도 성도 통증도
부끄러운 것이 아니다.

몸에 대해 말하기는 그 자체로 힘이 있다.

내 몸과의 관계는

타인과의 관계도 재정립한다.

우리에게는 더 많은 몸에 대한 서사가 필요하다.

내 오른쪽 어깨 아래 위팔에는 두 개의 켈로이드가 있다.[^1] 켈로이드는 상처의 진피층이 아물 때 콜라겐이 과다 증식하면서 평평했던 피부가 불룩 튀어나오는 현상을 말한다. 하나는 흔히 '불주사'라고 불렸던 BCG 백신의 흔적이다. 초등학교 때 주사를 맞았던 자리에 남은 작은 흉터가 스트레스를 많이 받을 때나 과음했을 때, 생리통이 유달리 심할 때 따끔따끔해지면서 커진다는 것을 알게 되었다. 나머지 하나는 내가 자초해서 생겼다.

본과 2학년 의대생 시절, 일 년 동안 세상의 모든 병을 배우면서 발발한다는 건강염려증에 걸려 온몸을 관찰하는

[^1]: 이 글에는 "몸과 욕망의 역사 쓰고 읽기" (윤정원, 웹진 《문학3》, 2019년 12월, 창비)의 일부가 포함되어 있다.

데 끌끌하던 차, 피부과 수업에서 '악성흑색종'을 배우게 되었다. 흑반(검은 점)이 빨리 자라고 경계의 모양이 이상하면 피부암을 의심해 보라는 수업을 듣자마자 오른팔에 생긴 작은 점 하나가 점점 커지는 느낌이 들었다. 피부과 레지던트 선배에게 부탁해서 조직 검사를 받았고, 아니나 다를까 결과는 정상이었다. 하지만 검사 후 선배가 대충 봉합해 준 흔적을 따라 또 켈로이드가 생겨 버렸다. 이후 민소매 옷이나 수영복을 입으면 늘 오른 어깨를 감싸게 되었다. 스테로이드 주사를 맞아 크기를 줄여 보려고도 하고, 성형외과적인 절제를 고려해 보기도 했다.(흉터가 더 커질 수도 있다는 말에 포기했다.) 그러던 중 지난 애인과의 경험이 내 관점을 완전히 바꿔 놓았다.

우리는 서로의 몸을 탐색하면서 어디에 있는 상처가 어떻게 생기게 된 건지, 어디를 만지면 기분이 좋은지를 읽어 나가고 있었다. 켈로이드 에피소드를 이야기하는데 그가 흉터를 부드럽게 핥았다. 쭈뼛한 전율이 돌고 생경하지만 기분 좋은 자극이 손끝까지 퍼져 나갔다.

아, 이게 감지기 같은 거였구나. 피곤하면 통증으로 알리고, 좋은 자극은 증폭시키는 감지기 같은 존재였구나. 통증 신경과 콜라겐이 '과다 비정상' 증식한 게 아니라, 결핵에 걸리지 않을 면역력과 함부로 몸에 손을 대면 안 된다는 교훈이 훈장으로 '더해졌다'고 생각하니 이젠 켈로이드를 드러내는 게 그렇게 거슬리지도 않는다. 그리고 막상 드러냈을 때 사람들이 별로 관심도 없다. 지금은 작은 자극은 즐기고, 큰 통증에는 휴식과 통증 크림으로 대응한다. 이 신호를 무시하면 크게 아프게 되니 몸을 돌보게 하는 고마운 존재다.

× × ×

겨드랑이 털에 집착하기 시작한 건 중학교 때였던 것 같다. 자기애와 자기혐오, 긍정과 부정, 자신감과 절망이 하루에도 몇 번씩, 아니, 몇 분에 한 번씩 오르락내리락하던 시기에, 2차성징이 나타나기 시작하는 몸은 호기심의 대상이자 너무 쉽게 혐오의 대상이 되었다. 아무도 나를 알아주지 않을 거라는 마음과 모두가 나를 쳐다보는 것 같은 마음 중에서 후자가 압도적으로 작용한 영역이 바로 몸이었다.

체육 시간 이후에는 남들 몰래 슬쩍 겨드랑이 냄새를 맡아 봤고, 별다른 손질도 없는 '똑 단발'에 아침마다 물을 발라 봤다가 로션을 발라 봤다가 다시 감았다가 하곤 했다. 그중 제일 꽂혔던 게 겨드랑이 털이다. 왜 구불거릴까, 왜 냄새가 날싸 알아보려고 도서관에 가서 찾아보기도 했지만, 지금처럼 성교육 책이 많지 않던 시절이었다. 자존감 낮은 아이에게 감정의 기본값은 혐오였으므로, 제거를 결심했다. 남자가 없어 면도기가 없는 집에서 유일한 수단은 족집게였고, 털을 뽑을 때의 통증과 쾌감은 상상 이상이었다.

틀림없이 '매끈한 피부'라는 사회적으로 주입된 신체상에서 시작된 일일 텐데, 양말과 속옷까지도 규제받던 시절에 내 몸을 스스로 통제하거나 가학할 수 있는 거의 유일한 방법이었던 발모는 어떤 탈출구 같은 기능을 하게 되었다. 의대생이 되어 정신과 수업에서 털을 강박적으로 뽑는 발모벽의 존재를 알게 되었을 때는 나의 욕구가 공식적으로 인정받았다는 왠지 모를 뿌듯함을 느꼈다. 레지던트 수련을 포기하고 일반의로 '여의사 레이저 제모'만 온종일 하는 동기가 무료 시술 기회를 주겠다고 했지만 거절했다. 너무 오래 모근을 혹사하다 보니 색소침착이 되기도, 피부 밖으로 나오지 못하는 털로 인한 상처가 나기도 한다. 자존감이 낮을 때는 그것도 보기 싫게 느껴져 일부러 기르기도 하고, 그러다 또 스트레스받는 일이 생기면 왕창 뽑아 버리기도 한다.

다양한 성교육 자료를 접하고 소개하는 일을 하는 지금은 '어릴 때 이런 정보들을 알았다면 좋았을 텐데' 하고 생각하곤 한다. "털을 뽑든 기르든 안전하게 하자, 그렇지만 남들 때문에 하지는 말자, 그래도 모든 털은 완충작용과 성감 증폭, 감염에서 보호하는 역할을 하므로 음모는 제거 안 하는 게 좋다." 같은 이야기를 청소년에게 들려주면서도 한편으로는 어릴 적 내가 떠올라 혼자 민망해지곤 한다.

× × ×

초등학교 저학년부터 부모님이 두 분 다 입원과 퇴원을 반복해서 친척 집을 전전하던 시기가 있었다. 일주일씩 또는 한 달씩 가까운 친척부터 먼 친척까지, 고향인 진주부터 부산, 서울까지 돌아가며 맡겨지던 중이었다. 큰외삼촌 집에는 학교에 안 가고 자기 방에만 있는 10대 사촌 오빠가 있었다. 그 오빠는 나만 마주치면 온몸에 힘을 줘서 나를 꼭 껴안고 자기 무릎 위에 앉혔다. 발버둥도 쳐 보고 물기도 해 봤지만 힘의 차이는 역부족이라, 다른 친척이 나타나서 사촌 오빠가 나를 결박한 팔의 힘을 풀길 바라는 수밖에 없었다.

우리를 본 어른들이 어떤 반응을 보였는지는 기억이 안 난다. 사촌 동생이 "형이랑 누나랑 결혼한대요."라고 놀리던 장면과 숨이 막히던 압박감만 기억이 나고, 다른 어디를 더

만졌는지, 얼마나 오래 그랬는지, 마치 일부러 도려낸 것처럼 기억이 없다. 다만 그 일의 의미를 알게 된 이후에 꿈에서 가슴이나 성기를 더듬는 그의 손을 느낀 적도, 내 엉덩이 아래 그의 발기된 성기를 느낀 적도 있었다. 꿈인지 상상인지 기억인지 혼란스러운 마음은 상당히 오래 지속되었다.

마침내 주 양육자가 정해졌다. 초등학교 저학년 손녀 둘을 갑자기 맡게 된 할머니는 학교에서 준비물로 찰흙을 가지고 오라고 하면 뒷산에 올라 소나무 뿌리 아래를 파 찰진 흙을 캐 오고, 초경이 시작되었을 때는 준비해 둔 광목천을 건네주며 접어서 차는 방법을 알려 주신 분이었다. 생리대라는 단어도 입에 올리면 안 되어 '덴까이♪ 마스크'라는 우리 가족만의 은어를 썼다.

난방비를 아끼느라 집은 항상 추웠고 종종 허벅지 사이나 사타구니 안쪽에 찬 손을 넣어 녹여야 했는데, 할머니는 내가 다리 사이에 손을 끼고 있는 것만 보면 덴까이 만지지 말라고 손을 찰싹 때리시곤 했다. 내 몸을 만지는 일에 대해 나는 양가감정을 가질 수밖에 없었다. 내 몸이 나쁜 걸까, 만지는 게 나쁜 걸까, 내가 나를 만지는 게 나쁜 걸까, 덴까이는

♪   여성 성기를 지칭하는 할머니의 일본어식 표현이었다.

나쁘고 허벅지는 괜찮은가, 나쁜 몸을 왜 만지고 싶이 했을까, 누구에게 원해지는 몸은 안 나쁜 걸까.

늘 고민했던 몸에 대한 대답을 대학교 때 총여학생회에서 접한 페미니즘에서 얻기 시작했다. 아동 청소년 성폭력 사건을 지원하는 해바라기센터에서의 실습은 내 진로를 산부인과로 이끌었다. 내가 서른이 되던 해 할머니는 서면 철학관에 가서 점을 봤고, "너는 덴까이에 복이 있단다, 그러니어서 결혼해서 애기를 낳아야 한다."라고 친히 알려주셨다. 내가 수많은 덴까이를 보는 일로 벌어먹고 살 운명인 건지, 좋은 연애를 많이 한다는 운명인 건지, 어쨌든 저 점괘는 썩 마음에 든다.

× × ×

70대 여성 환자가 말기 자궁경부암으로 호스피스를 위해 입원했다. 암 진단을 받은 지 3년째, 척수로 전이되는 바람에 하지 마비 상태로 와병 생활을 한 지는 10개월째로, 적극적인 항암 방사선치료를 더는 하지 않으려 우리 병원으로왔다. 역시 70대쯤으로 보이는 남편이 그동안 계속 간병했다고 했다.

보통 여성 암 환자는 병원에 혼자 오거나 언니나 딸이 같이 오지, 남편이 오래 간병하는 경우는 드물기에 대단하다고 생각했다. 그러나 웬걸, 몇 주 동안 옆에서 지켜보니 할아버지는 요령 없이 힘만 써서 할머니 입에는 에구구 하는 소리가 달려 있고, 항상 옆에 있지만 감정 교환은 거의 없었다. 그래서 몸을 들어 올리지 않고 굴려서 옷을 갈아입히는 요령과 휴대전화로 유튜브에 접속해서 음악을 재생하는 법을 알려드렸다.

　　압권은 발이었는데, 누워 지내는 동안 물수건으로만 목욕하다 보니 다리 전체가 각질과 욕창, 림프부종으로 심각한 상태였다. 상처 담당 간호사가 욕창 소독은 했지만 할아버지는 할머니의 발이나 다리를 만져 보거나 주물러 본 적은 한 번도 없었고, 할머니 역시 기대조차 하지 않았다. 할아버지께 편의점에서 로션을 사 오시라고 해서 매일 회진 때마다 환자에게 발라 주면서, "토요일과 일요일은 할아버지가 하세요."라고 '처방'했다. 수면 양말까지 사 오시게 해서 할머니께 신겨드렸더니 퇴원하실 때쯤엔 발 상태도, 두 분의 관계도 눈에 띄게 좋아졌다.

　　그 뒤로 나는 한껏 고무되어 '로션 처방'을 남발하는 중이다. 친할머니를 뵈러 갈 때마다 로션 마사지를 하다 보니 옆으로 누워 텔레비전을 보는 자세 때문에 왼쪽 대전자 부위에 욕창이 생긴 걸 발견할 수 있었고, 베개 위치를 바꿔 더 심해지는 걸 예방할 수 있었다. 엄마에게 무지외반증과 하지정맥류가 있는 건 알고 있었지만 항상 병원에 가라는 말만 해 왔는데, 엄마의 발을 만지면서부터 오랜 뾰족구두 생활과 최근에 기공 수련을 하면서 편한 신발을 사서 신게 된 이야기를 들을 수 있었다.

낙태죄 폐지를 위해 활동해 온 나는 헌법재판소의 낙태죄 위헌 결정 이후 기력을 모두 써 버려 아무 의욕도 없는 상태가 되었다. 나를 돌볼 새 없이 에너지를 불태우고 난 뒤 찾아온 침잠의 시간에서 스스로를 건져 올린 자가 처방도 하루 한 시간 반씩 의식을 치르듯이 한 러닝과 샤워와 로션 바르기였다. 몸 곳곳을 쓰다듬으며 어깨나 허리의 뭉친 부위에는 힘을 줘 보기도, 달래 보기도 한다. 거칠어진 뒤꿈치나 하지정맥류로 부은 다리를 만질 땐 내가 엄마의 고단한 삶과 체질을 닮았구나 하고 눈물이 난다. 환자들한테 "30대인데 유방 자가 검진 안 하세요?"라며 무안을 주던 나였지만, 신경 써서 로션을 바르면서부터야 내 유방을 제대로 만지고 있다.

이 작업이 나를 살린 또 하나의 지점은, 기억도 일상의 힘 앞에서 희미해지고 덮일 수 있다는 점을 몸으로 익히게끔

해 준 것이다. 스스로 몸을 만지고 검진하는 일이 정례화되면서 손을 때리던 할머니의 따끔함도 무뎌지고 불쾌한 섹스의 경험도 이불 걷어차기 몇 번으로 사라졌다. 내 몸과의 관계는 타인과의 관계도 재정립한다. 어디를 만지는 게 좋은지 알게 되면 파트너에게 요구할 수도 있고, 이렇게 소중한 내 몸인데 함부로 대하는 사람에게는 꺼지라고 말할 수도 있다.

×××

데이트 앱에 대한 갑론을박이 많지만, 나는 꽤 오래전 데이트 앱에 가입한 활성 사용자다. 표면적으로는 성교육을 위한 자료 수집과 시장조사를 내세웠지만(그리고 실제로도 꽤 많은 자료를 모았지만), 데이트 앱 사용의 1차 목표는 아무래도 데이트다. 나에게도 체온이 낮아서, 관심이 고파서, 판단력이 흐려서, 자존감이 떨어져서 했던 구리고 구차한 데이트와 섹스 들이 있었다.

몹시 취한 채 전화를 붙잡고 울면서 와 달라고 한 건 분명 나였다. 하지만 이불을 덮어 주는 수고조차 하지 않고 가버린 파트너 덕분에 다음 날 아침 헐벗은 채 감기에 걸려 깨어나 이를 박박 갈며 그의 전화번호를 지웠다. 어떤 파트너는 스카프로 눈을 가려 줬더니 그다음 데이트에 각종 장비를 구색을 맞추어 사 왔다. 얼마 못 가 그 장비들을 다 써 보지도 못한 채 헤어졌다.(그 친구와 헤어진 건 성적 취향 때문이 아니라 경제관념 때문이었다고 믿고 있다.) 데이트 상대의 차에 탔다가 그가 미처 신경 쓰지 못한 글러브박스의 뽀로로 펜을 발견하고 꽁지 빠지게 달아났던 적도 있다. 좋아하는 체위와 젤 브랜드까지 이야기하는 사이가 되어서 마지막으로 성 매개 감염 검진(STI 검사)을 한 게 언제냐고 물었더니, 자기는 '인 서울' 대학을 나오고 유학도 다녀와서 배운 사람들이랑만 잤다고, 문란하고 더럽게 안 잤다며 자존심 상한다고 발끈하길래 곱게 보내 드렸던 경험도 있다.

망한 관계들을 경험했다면 복기가 중요하다. 망한 사실을 인정하고 배워야 다시 망하지 않을 수 있다. '똥 밟았다고 치지 뭐' 하고 넘기거나, '그래도 이런 건 좋았잖아' 하고 눙치면 안 된다. 내가 원하는 핵심 가치는 무엇인지, 옐로카드와 레드카드를 설정하고 데이트 시장에 임할 필요가 있다. 초연한 척 말하고 있지만, 나 역시 오랜 시간과 적지 않은 데이트 비용을 수업료로 치렀다. 왜 결핍이 채워지지 않는지, 아름답다는 찬사가 왜 그리도 고팠는지 심리 상담을 본격적으로 받으면서, 내 몸을 스스로 존중하게 되면서, 정말 나를 존중하는 사람들을 만나고 나서야 비로소 망할 관계들을 거를 수 있게 되었다.

소개로 만난 지난 애인과 분위기가 무르익어 드디어 '그 순간'이 찾아왔다. 마지막 검사가 언제냐고 물었더니 귀가 빨개지면서 사실 한 번도 해 본 적 없다고 고백했다. 알려 주면 하겠다고 해서 무슨 검사가 필요한지 말해 줬더니 그는 다음 날 바로 비뇨기과에 다녀왔다. 이야기를 들어 보니 '눈탱이를 맞아' 유두종(사마귀와 달리 정상적인 병변이고, 따로 치료가 필요 없다.) 제거에 가다실 주사까지 결제한 상태. 결과를 들으려면 일주일을 기다려야 했지만, 이미 내 마음은 결과가 중요하지 않아졌다.(그렇게 생각했지만 일주일 뒤, 우리는 클라미디아가 적힌 결과지를 들고 있었다.) 괜찮다고 시원스레 이야기하고 같이 1주일간 항생제를 먹었다. 사실 HIV나 헤르페스라면 내 마음의 종착지가 어디일지 장담하기 어려웠을 것이다.

놀라운 건 그다음이다. 교과서에서 본 대로, 환자들에게 권유하는 대로, 그에게 3~6개월 전 관계가 있었던 사람들에게 연락해서 검사 결과를 알리라고 권유했다. 쪽팔릴 수 있겠지만, 인도주의적으로 그게 도의이지 않겠느냐고 했다. 물론 이렇게 말하면서도 '1'도 기대는 없었다. 현 파트너라면 모르겠지만 내 환자들도 못해도 90퍼센트 이상은 전 파트너에게 알리는 일에는 난색을 보인다. 그런데 그는 정말로 전 애인에게 메일을 보내서 이런 연락을 하게 돼서 미안하지만 검사를 받아 보라고 이야기한 것이다!

이 일 하나로 이 사람에 대해 많은 걸 알 수 있었다. 모르는 것을 아는 척하지 않고, 전 연인과 연락이 닿는다는 데서 나쁘게 헤어지지 않았을 것임을 추측할 수 있었다. 이 사람은 지금 나와 잘되고 싶어 하고, 나는 책임감과 유연함에 매력과 신뢰를 느낀다는 점도 알았다. 결국 연애와 섹스도 상대를 파악하는 동시에 나를 파악하는 과정이다.

× × ×

몸을 관찰하며 건강과 병을 이해하는 법을, 몸을 만지며 사람을 알아가는 방법을 애면글면 배우고 있다. 나로부터 시작해서 타인과의 관계로, 다시 나에게로 돌아오는 중이다. 성을 다루는 직업인으로서도, 성적인 인간으로서도, 이 과정이 완전하다고 자부할 순 없다. 완벽한 답도 없다. 모든 몸은 다 다르고, 그 몸들의 역사는 더 다르니까.

아직도 셀룰라이트는 보기 싫을 때가 있고, 모공 축소 화장품을 충동적으로 사기도 하지만, 헬스장에서 힙업 운농만 내리 시키는 PT 선생님은 바꿔 달라고 요청한다. 굴곡을 드러내는 옷과 절 바지 스타일의 옷을 모두 다 좋아하지만, 와이어 있는 브라와 사타구니를 조여 통풍 안 되는 재질의 속옷은 거부한다. 생리 주기에 따라 내 몸의 변화가 어떤지 관찰하고 어떤 습관이 생리통을 악화하는지 파악하며 커피와 술을 줄였지만, 감당할 수 없는 즐거움이나 흔들림이 있을 때는 마시기도 한다. 마음과 몸이 충분히 단단해졌다고 생각해서 큰외삼촌의 장례식장에 가서 사촌 오빠를 직면했고, 그가 조현병을 진단받아 결국 그 골방에서 못 나오고 있다는 소식에 연민과 우월감을 동시에 느끼기도 했지만, 다녀와선 한참을 몸살로 고생했다.

　더 어려운 건 내 몸도 변해 간다는 점이다. 10여 년 동안 내 몸을 공부해서 이제 겨우 파악했나 싶으면 변수들이 생겨난다. 아크로바틱한 체위들에 도전하고 성공하는 것에서 자부심을 느끼던 날도 있었다. 그런데 언젠가부터 통증이 있다 싶어 초음파검사를 했더니 자궁내막증 병변으로 의심되는 유착에서 압통이 느껴졌다. 평상시에는 아프지 않아 약물치료는 시작하지 않고 관찰하고 있지만, 그 이후부터는 안온한 자세들을 선호한다. 예전에는 어색함과 자기혐오를 숨기려고 술의 힘을 주로 빌렸었는데, 이젠 체력이 허락하지 않아 술 없이도 호감을 드러낼 수 있는 배짱을 키워야 한다. 공식적으로는 콘돔은 필수라고 이야기하고 다니지만, 예전만큼 윤활이 원만하지 않고 윤활제를 쓰면 간지러워져서 콘돔을 포기하고 STI 테스트와 피임약을 병행하고 있다. 콘돔은 시작부터 끝까지 명징한 정신을 요구한다. 그런데 섹스에서 명징한 정신이 어디 있겠나. 나의 마음과 실천이 변하면서 환자들의 불건강 습관을 덜 비판하고 더 공감할 수 있게 되었다.

　이전의 나와 지금의 나를 비교하는 의미 없는 일도 덜 하게 되었다. 조금씩 탄력이 떨어지는 피부, 예전 같지 않은 성욕, 다음 날 일정을 고려해 분배해야 하는 체력을 받아들이는 건 애석한 일이지만, 자괴할 필요는 없다. 앞으로 수십 년을 더 겪을 몸들 중, 지금의 내 몸이 제일 아름답고 건강하다. 정작 반짝였을 20대엔 이렇게 생각하지 못한 게 안타까울 뿐이다.

　'나 자신을 사랑하고 내 몸을 사랑하라, 좋은 섹스를 하자'라는 정언 명령은 말하기는 쉽지만 선언만으로는 아무것도 바뀌지 않는다. 데이트 앱을 경유한 사기나 살인 사건이 뉴스에 나올 때마다 나는 운이 좋았구나 생각하지만, 따지고 보면 그건 내 운이 아니라 주소와 전화번호를 받아 적어 놓고 한 시간마다 한 번씩 생존을 확인해 준 절친들 덕분이었다. "너 미친 거 아니야, 괜찮아."라고 지지해 주는 주변인, 크기를 떠나 몰카 불안 없이 몸을 드러낼 수 있는 내 소유의 공간은 중요한 자산이다. 셀카 보정 앱과 비싼 PT 수업이나 체형 교정기, '급'이 다르다고 광고하는 건강 보조 식품이 아니라, 다양한 음식과 운동, 경험과 시행착오를 통해 몸을 알아갈 수 있는 시간이 필요하다. 금욕과 위협 중심의 성교육이 아니라 정체성과 쾌락까지 담은 포괄적 성교육과 모두를 위한 몸 교육이 절실하다.

정보와 금전을 다 가진 사람이라면 파트너와 서로 STI 결과지와 가다실 접종 확인서를 공유한 뒤에 하룻밤의 관계를 선택할 수 있을 것이다. 반면에 질내 사정을 허락할 때 추가 비용을 받을 수 있는 성노동자도, 머무를 곳을 제공받는 대신에 헬퍼에게 강간당하는 탈가정 청소년도 있다. 편안한 몸과 좋은 섹스를 위해선 좋은 관계를 비롯해 성과 재생산권이 보장되는 환경이 있어야 한다.

의료 현장에서 다양한 몸을 마주하며 몇 가지 정보를 공유하거나 아파진 몸과 망한 섹스로 찾아오는 환자들을 돌보는 데 그칠 게 아니라, 모두가 자신의 몸을 편안하게 느끼고 좋은 섹스를 할 수 있는 사회를 만들어야 한다는 결론에 이르렀다. 보편적·포괄적 성교육이 국제 표준이라고 목소리를 높이고, 콘돔이나 피임약에 보조금이나 건강보험 적용이 필요하다고 관료들을 설득한다. 기회가 될 때마다 성교육을 하고, 성교육 책을 쓴다.

우리가 더 안전하고 즐겁게 나이 들어 가려면 더 많은 몸에 대한 서사가 필요하다. 몸에 대해 말하기는 그 자체로 힘이 있다. 유튜브를 보며 질에 립글로스를 넣었다가 못 빼서 온 11세, 생리혈이 몸에 묻는 게 싫어서 한 시간에 한 번씩 생리대를 갈다가 화학 성분에 의한 접촉성 피부염이 생긴 13세, 체육 시간 후에 친구에게서 냄새난다는 이야기를 듣고 강박적으로 몸을 씻다가 급기야 질에서 냄새가 나는 것 같다고 괜찮은지 봐 달라고 오는 17세, 파트너에게 같이 치료받아야 한다는 이야기를 못 해서 성 매개 감염이 자꾸 재발하는 23세, 제왕절개술로 분만한 후 윗배가 아프다고 말했음에도 발달장애 환자라 무시당하다가 나중에야 갈비뼈 골절을 발견한 39세, 아동 성폭력의 경험을 꺼내 놓고 정기적으로 상담을 받기 시작하면서 성교통이 호전된 42세……

진료실을 찾는 환자의 대다수는 그들의 몸을 말하는 것으로 해답을 찾아간다. 나는 거들 뿐이다. 몸도 욕망도 성도 통증도 부끄러운 것이 아니라고, 모두가 모색도 하고 데이기도 한다고, 나도 그랬다고, 어떻게 더 잘 돌보고 협상할 수 있는지를 이야기하고 찾아 나가자고 말한다. 진료실뿐만이 아니라 온라인에서, 미디어에서, 학교에서, 더 많은 공론장에서 우리가 함께.

'질병력', '과거력', '가족력'처럼, 개인의 건강에 영향을 주는 과거와 현재의 요인들에는 '역사'와 같은 '력(歷)'이라는 글자를 쓴다. 몸이라는 역사책을 쓰고 읽어 나가는 작업을 함께하며 나의 역사책도 다시 쓰이고 있고, 나의 역사는 다시 다른 이들의 역사를 이해하는 힘이 된다. 박준 시인은 새로운 시대란 달력을 넘길 때 오는 것이 아니라 내가 당신을 보는 혹은 당신이 나를 바라보는 서로의 눈동자에서 태어나는 건지도 모르겠다고 했다. 역시 저 점괘는 더 많은 '덴까이'들에게 복을 나누라는 운명인가 보다.

연세대학교 의과대학을 졸업하고 동 대학에서 산부인과 전문의를 수료
했다. 국립중앙의료원 산부인과 전문의이며, 성폭력 피해자 진료와 성소
수자 진료, 낙태죄 폐지 등 여성주의 의료와 여성 건강권에 대해 꾸준히
목소리를 내 왔다. "저도 생리통 심해요."라고 이야기할 때 떠오르는 환
자들의 웃음을 보면서, 개인적인 경험 드러내기를 통한 연결의 힘을 발
견하기 시작했다. 망한 세상에서 안 망할 수는 없으니, 덜 망하는 경험을
쌓고 잘 회복하기를 바라는 마음으로 글을 쓴다.

인생은 프랑스 춤곡처럼

음악가 송은혜

1975년생. 삶 속에 켜켜이 새겨진 음악은
그 어떤 것으로도 대체할 수 없는 나의 이야기다.

안전한 것 말고 어렵고 귀찮은 것

취약한 나를 매일 대면하는 것이

바로 음악 연습이다.

가장 약한 곳에서 새롭게 태어나 보자.

프렐류드 농 므쥐레 ♬

루이 쿠프랭(1626~1661)
D단조 모음곡 중 프렐류드
귀스타브 레온하르트(하프시코드)

프랑스에 온 건 서른 살을 넘겨서였다. 직장을 그만두고 다시 학생으로 돌아가기로 결심한 남편은 나보다도 나이가 많았고, 아이는 아직 세 살이 되지 않았을 때였다. 이제는 뭔가 순리(?)대로 돌아가야 했을 시기, 우리는 꼬리를 떼어 버

♬ 프랑스 무용모음곡에서 종종 쓰였던 악장으로, 박자 표시 없이 음표 머리만 나열한 작품이다. 프렐류드는 전주곡, 농 므쥐레는 리듬이 결정되지 않았다는 뜻이다.

린 음표 머리처럼 한국을 떠났다. '집 장만하고 아이 키워야지, 다시 학생으로 돌아간다고?' 우리를 보고 모두 고개를 저었다.

겁도 났다. 나이는 들어 가고, 언어는 서툴고, 기댈 언덕은 없었다. 돈이 넘쳤던 것도 아니다. 불확실한 세계로 온 가족이 뛰어드는 결정이었다. 하지만 우리가 미치지 않았다고 해서 세상이 우리를 편히 살게 두지 않으리라는 것은 분명히 알았다. 그래서 살던 곳을 떠났다.

사는 방법을 제법 터득했다고 생각했을 때 시작된 외국 생활은 프렐류드 농 므쥐레 같았다. 본격적으로 '무용모음곡'을 시작하기 전, 연주자가 악기를 점검하듯 연주하는 이 전주곡은 악보를 보면 황당하기 그지없다. 얼핏 보면 미니멀리즘 추상화 작품처럼 보이는 악보에 리듬과 관련한 지시가 거의 없기 때문이다.

음은 있지만 길이는 알 수 없는 음표를 처음 봤을 때, 나는 단 한 소절도 음악답게 연주할 수 없었다. 아니, 어디서부터 어디까지가 한 소절인지도 알 수 없었다. 대체 이게 뭐야? 부모가 될 정도로 세상을 살았으면서도 간단한 프랑스어 간판조차도 읽을 수 없던 막막한 느낌과 비슷했다. 글자는 읽을 수 있는데 의미를 해석할 수 없는 인지 부조화의 현 실태.

Jott

Prelude

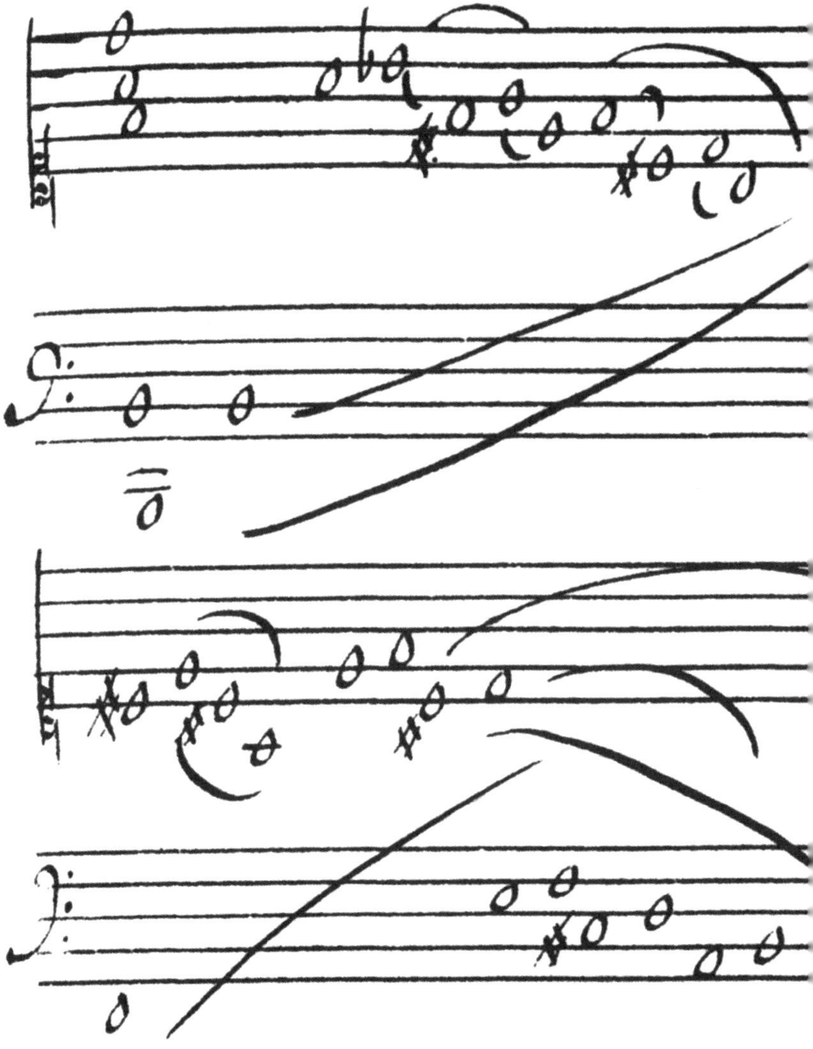

나이가 들어 음악을 시작하는 것은 프렐류드 농 므쥐레 같다. 나를 어떻게 표현해야 하는지 언어로는 알지만 음악으로는 모르는 상태, 음높이는 있으나 음의 길이는 알려주지 않는 악보와 비슷하다. 굳이 다른 언어로 자기를 드러낼 필요가 없는 나이에, 음악을 배워 보라고 권하는 이유는 뭘까? 해가 뜨고, 지면 하루는 지나간다. 내가 크게 힘들이지 않아도 삶은 무리 없이 흘러간다. 특별한 즐거움은 없을지 모르지만 위험하지는 않다. 지금까지 들은 음악을 반복해 듣기만 해도 음악은 여전히 아름답고, 삶은 그럭저럭 흥겹다. 그런데 '굳이' 음악을 배워야 할까?

위험하지 않은 삶이 조금씩 지루해지기 시작했다면? 대답은 '그렇다'이다. 적당히 나이가 들었는데도 아직도 나를 표현하는 것이 서툴게 느껴진다면? 대답은 '그렇다'이다. 처음부터 다시 말하기를 배우고 싶다면? 대답은 '그렇다'이다.

음악 배우기는 말하기를 배우는 것과 비슷하다. 말하기는 의지와 상관없이 배우기 시작해 말하는 행위를 인식할 때쯤에는 습관이 이미 입에 배어 버린 후이고, 음악은 처음부터 마음을 다해 조각하듯이 소리 내는 법을 배운다는 점이 다를 뿐이다. 걸음마를 다시 시작하는 행운을 얻었다고 생각하자. 어려지는 불로초가 따로 있나? 익숙한 '곳', 혹은 '것'을 일부러 떠나지 않으면 우리 뇌는 그다지 긴장하지 않는다. 안전한 것 말고 어렵고 귀찮은 것, 취약한 나를 매일 대면하는 것이 바로 음악 연습이다. 가장 약한 곳에서 새롭게 태어나 보자.

알망드♬

 요한 제바스티안 바흐(1685~1750)
프랑스 무용모음곡 중 4번 Eb 장조(BWV 815) 중 알망드
장 롱도(하프시코드)

알망드의 한 마디는 네 박으로 구성되고, 각 박자는 다시 십육분음표로 잘게 쪼개진다. 네 개의 음으로 쪼개진 박이 연속될 때 한 박이라는 시간은 여백 없이 꽉 찬다. 숨이 막힐 듯 가득 채운 음표를 요리해 듣는 이에게 춤추고 싶은 마음이 들게 하는 것이 연주자의 과제다.

단정한 네 박자 춤곡은 기본 중의 기본이다. 어떤 일을 시작할 때 먼저 자기소개를 하듯, 화려하지 않고 즐거워서

♬　무용모음곡을 시작하는 첫 악장으로 4박자의 진중한 보통 빠르기로 진행한다. 꽉 찬 네 박자와 안정적인 성격 때문에 알망드(프랑스어로 '독일의')라는 이름이 붙었을 것으로 생각되지만, 정확한 유래는 알 수 없다.

들뜨지도 않게, 그렇다고 우울로 아련하지 않게 알망드는 자신을 덤덤히 드러낸다. 감정에 치우치지 않으면서 상냥하고 단단하게 연주하기로 결심한 후 악보를 펼쳐 보자. 박자는 기본 네 박자인데, 자잘한 음표가 많다. 너무 많아서 바쁘게 손을 움직일 정도는 아니지만, 그래도 많다. 기본인데, 좀 너무하지 않은가 하는 생각이 들지만 어른이니 일단은 받아들여 보자. 뭔가 복잡해 보일 때는 헤쳐 나갈 길도 함께 있는 법이니까.

단순하고 안정적인 네 박은 기둥 역할을 한다. 짧은 음가 음표♪는 기둥 사이에 늘어진 만국기 줄과 같다. 만약 기둥 사이에 만국기 줄이 아니라 단단한 봉이 걸린다면 곡은 완전히 다른 느낌이 된다. 기둥 사이에 매달린 줄을 때로는 팽팽하게, 때로는 느슨하게, 또는 각 국가의 깃발을 달기도 하는 것이 자잘한 음표의 역할이다.

처음 연습할 때는 기둥과 만국기 줄의 차이가 잘 보이지 않는다. 음표는 검은 머리와 하얀 머리일 뿐이고, 콩나물 꼬리의 개수나 유무만 보인다. 머리가 어느 줄에 있는지에 따라 음높이를 알 수 있고, 꼬리와 대의 모양을 통해 음표 길이

♪   십육분음표=사분음표의 ¼ 길이

를 알 수 있다. 그다음에는 악기나 목소리로 이를 표현해야한다. 여기까지 가는 길도 멀다. 그래서 대부분 여기서 멈춘다. 문제 상황을 맞닥뜨리고, 현상을 파악하고, 맥락을 이해하고, 해결하는 것만으로도 굴러가는 인생에 익숙하기 때문이다. 하지만 음악은 아니다. 그럭저럭 여기서 멈춰 버리면 춤은 출 수 없다.

문제 상황을 만나면 최선을 다해 현상을 파악해야 한다. 음악도 마찬가지다. 음의 높이와 길이를 정확하게 알고 최대한 빠르게 읽을 수 있어야 악보를 보면서 연주하는 것이 가능하다. 이 단계가 불가능하면, 악보를 읽으며 연주하기는 포기해야 한다. 결국 모든 음을 외워서 연주해야 한다. 별로 권장하고 싶지 않다. 음악을 즐기는 데 너무 오래 걸리기 때문이다.

다음 단계는 맥락 파악이다. 음표가 놓인 맥락은 음표 뒤에 감춘 화성을 알 수 있을 때 읽힌다. 음높이와 길이는 눈에 보이는 음표를 보면 안다. 하지만 화성은 다르다. 악보에 어떤 화성이라고 쓰여 있지 않다. 그래서 화성을 모르는 사람은 여기서 벽에 부딪힌다. 아무리 악보를 들여다보고 연습해도 느낌만 있을 뿐 구체적으로 무엇을 어떻게 해야 내가 듣기에도 제법 그럴싸한 연주가 되는지 알 수 없기 때문이다.

보이지 않는 것을 읽어 내는 일은 쉽지 않다. 그러나 보이는 것만으로는 아름다움에 도달할 수 없다. 작품이 작곡된 당시에 쓰이던 화성, 작곡가만의 특수성을 알아야 내가 표현하고 싶은 것을 잡아낼 수 있다. 음악을 배우는 사람이라면 초보자든 전문가든 상관없이 보이지 않는 것을 찾기 위해 악보 앞에서 수없이 더듬거린다. 보이는 악보를 완벽하게 읽었다고 해서 자만할 수 없다. 똑같은 마디를 여러 번 반복해 스스로 수긍할 수 있는 설명을 만들어야 한다. 보이는 것과 보이지 않는 것 사이에서 헤매는 일이 음악이고, 헤매기가 반복되면 들리지 않던 것이 안개가 걷히듯 서서히 실체를 드러낸다.

중립적인 알망드가 유려한 네 박자 춤곡이 되는 과정은, 나이가 들어 반복되는 사계절을 무심결에 깨달은 이라면 천천히 따라갈 수 있다. 눈에 보이는 단어는 봄, 여름, 가을, 겨울이지만 그 속에 경험을 담은 사람은 계절을 상상하며 그 안에 숨긴 자신, 다른 누군가, 자신과 그의 이야기를 떠올린다. 음악은 나를 보이는 것과 보이지 않는 것 사이에 끝없이 세워 둔다. 정답을 알려 주지 않는다. 그저 헤매는 순간을 즐기라고, 어설픈 게 당연하니 계속 고민하라고, 그러다 보면 예술에 조금씩 스며든다고 우리를 격려한다.

쿠랑트♬

 프랑수와 쿠프랭(1668~1733)
비올을 위한 첫 번째 무용모음곡 중 쿠랑트
조르디 사발(비올), 톤 코프만(하프시코드), 아리안 모레트(베이스 비올)

프랑스 공원을 처음 방문했을 때의 기억이 지금도 생생하다. 한눈에 들어오지 않는 복잡한 구조, 다양한 크기와 종류의 나무, 그림을 그린 듯 아름답고 자연스러웠던 화초 배치, 사과로 키워 특유의 냄새가 나지 않는 새 우리, 다채로운 디자인의 분수. 나무 한 종류만 있는 공원에 익숙했던 나는 다양성으로 조화를 이룬 알 듯 모를 듯한 모호함이 프랑스 감성인가 생각했다.

프랑스 책은 목차가 뒤에 있다. 글이 먼저 나오고 이후에 구조를 드러내겠다는 의도일 것이다. 구조부터 투명하게 펼쳐 보이고 시작하는 책보다는 목차를 찾으러 가는 동안 넘기는 책장에서 설레는 마음이 조금 더 피어오르기는 한다. 대체 무슨 이야기가 하고 싶어서 이 많은 문장을 썼을까 궁

♫ 쿠랑트는 삼박자 춤곡으로, 알망드보다는 빠르고 역동적이다. 가볍고 단순한 이탈리아식 쿠랑트(코렌테라고 불리는)와는 달리 프랑스식 쿠랑트는 삼박자와 이박자가 혼재하며 기본 박이 이분음표로 설정되어 있어 리듬이 복잡하다.

금하게 만들어 호기심을 살살 자극하기 때문이다.

내게 쿠랑트는 다분히 프랑스적이다. 애를 써야만 알 수 있는 삼박자, 부채 뒤로 표정을 감추는 귀부인처럼 연주자와 내외하듯 의도를 감추는 악장. 수수께끼처럼 얽힌 리듬을 풀어내고 모아서 가까스로 삼박자를 만들고 나면, 아니 이게 아니라 두 박자였나 헷갈리게 만드는 리듬구조. 쿠랑트는 그래서 더 매력적이다. 연주자에게는 복잡해도, 밍밍하던 알망드와 달리 힘차게 뛰어오르는 분위기가 전해지기 때문이다. 그것도 가벼운 흥이 아니라 불편함을 넘어선 묵직한 에너지가 느껴지는 진지한 기쁨말이다.

10대와 20대에 느끼는 밝음과는 색채가 조금 다르다. 젊은이는 가만히 있어도 날아갈 듯 가볍고 몸이 들썩인다. 존재 자체가 생기로 가득하다. 시간이 지나면서 세상 돌아가는 이치를 깨달은 이의 몸과 마음은 이제 쉽게 움직이지 않는다. 걸음마다 이유를 의심하고, 움직여야 할 근거를 요구한다. 그래서 한 걸음의 무게가 이전 같지 않다. 무거워진 발을 애써 들어 올려 추는 삼박자+이박자 춤곡은 그래서 마음을 끈다. 인생이 그리 만만치 않음을 아는 사람이 분위기에 맞추려 최선을 다해 흥을 끌어올린 노력이 보인달까.

사라반드 ♬

요한 할보르센(1864~1935)
게오르크 프리드리히 헨델의 D단조 모음곡(HWV 437) 중
사라반드를 주제로 한 〈바이올린과 비올라를 위한 변주곡〉
양인모(바이올린), 리처드 용재 오닐(비올라)

　슬픔이 이다지도 화려하고 찬란하다는 것을 음악을 배우며 알았다. 잿빛 구름을 보며 우울하게 가라앉기보다 수묵의 세련된 분위기를 느낄 수 있었을 때나, 영화 〈인사이드 아웃〉의 밝고 긍정적인 '기쁨이'로 가득한 인생을 원했는데, 막상 현실에서는 '슬픔이'와 함께 바닥을 뒹굴 수밖에 없을 때들은 사라반드에서 그 어떤 말로도 표현할 수 없는 찬란함을 발견했을 때였다. 느린 춤곡, 첫 박에 긴장을 끌어 올렸다가 두 번째와 세 번째 박에서 천천히 느슨해지는 삼박자는 근본적인 슬픔을 지녔다. 그냥 삼박자 왈츠를 추어도 좋은데, 사라반드는 두 번째 걸음을 붙든다. 엄마가 출근할 때마다 바짓단을 붙들고 늘어지는 아이처럼, 호기롭게 말문을 열었다가 끝내 고백하지 못한 사랑처럼 두 번째 박은 무겁다.

　첫 번째 박처럼 그냥 흘렀다면 세 번째 박은 평범했을

♬　삼박자의 느린 춤곡으로, 두 번째 박자에 힘이 실리는 것이 특징이다.

것이다. 그러나 지워진 세 번째 걸음은 내면으로 향한다. 겉으로 드러나야 했을 에너지가 응축된다. 참는다. 두 번째와 세 번째 박을 연결하며 발이 멈출 때, 무용수의 팔과 상체는 단단하게 쌓인 시간 위로 춤을 펼쳐 낸다. 길어진 박은 손끝까지 동작을 충분히 수행할 공간을 허락한다.

사라반드의 리듬은 심장 박동을 닮았다. 심장이 짧고 길게, 짧고 길게, 짧고 길게 뛰는 동안 몸은 시간을 살아 낸다. 그래서 사라반드는 다른 춤곡보다 인간적이다. 요한 제바스티안 바흐의 《골드베르크 변주곡》(1740년경) 중 〈아리아〉는 변주곡이 완성되기 훨씬 전, 그의 두 번째 부인이었던 안나 마그달레나의 작품 모음집에 〈사라반드〉(1722)라는 제목으로 수록되었다. 원래 '아리아'는 오페라에서 독창이나 이중창으로 불리는 성악곡을 말한다. 줄거리나 사건의 전개를 전하는 레치타티보와 달리, 아리아는 화자의 감정을 음악으로 충분히 표현하는 오페라의 꽃이다.

20년이 지나 〈아리아〉가 된 〈사라반드〉는 골드베르크의 서른 개 변주를 괄호 안에 담아 안듯이 작품을 시작하고 끝맺는다. 노년의 바흐가 서른 개 변주로 펼쳐 내는 수준 높은 작곡법과 연주 기교는 심장 리듬을 닮은 〈사라반드〉 안으로 겸허히 수렴한다.

캐나다의 피아노 연주자 글렌 굴드는 평생 두 개의 골드베르크 변주곡 음반을 냈다. 스물세 살에 녹음한 첫 음반(1956)과 세상을 떠나기 바로 전 마흔아홉 살에 녹음한 두 번째 음반(1981) 사이에 스물여섯 해가 흘렀다. 20대 초반 젊은 이와 죽음을 앞둔 중년의 심장 뛰는 속도가 다르듯, 두 아리아는 완전히 다른 빠르기로 연주되었다. 그러나 빠르든 느리든, 사라반드 리듬의 아리아는 여전히 아련하고, 눈물 자국으로 화려하다. 젊든, 죽음 앞에 섰든, 굴드는 여전히 굴드인 것처럼.

요한 제바스티안 바흐
골드베르크 변주곡(BWV 988) 중 〈아리아〉
글렌 굴드 연주

1956년 연주   1981년 연주

가보트

요한 제바스티안 바흐
바이올린 E장조 파르티타(BWV 1006) 3번 중 〈가보트-론도〉
아우구스틴 하델리히(바이올린)

프랑스 시골에서 명절이나 집안 행사에 대가족이 모여 식사를 마친 뒤 손을 잡고 가볍게 뛰면서 추던 춤이 가보트다. 대가족이 모여 식사를 마쳤으면 설거짓거리가 산처럼 쌓였을 테고, 오랜만에 만난 가족 사이에 긴장이 높아지며 고성이 오가거나, 누군가는 마음에 상처를 입었을지도 모른다. 그런 상황에서 강강술래 하듯 손잡고 가볍게 뛰고 싶은 마음이 들었을까? 이런 질문이 떠오르지만, 사뿐사뿐 발을 딛고 가보트의 단순한 박자에 몸을 맡길 때, 문제 해결 없이도 가벼워지는 마음을 부인하기는 힘들다.

먼저 분노 혹은 슬픔에서 빠져나와야 다음을 도모할 수 있지 않을까? 사라반드의 화려한 우울이 끝나고 시작되는 가보트의 못갖춘마디♪는 돌아앉은 이의 등을 툭툭 두드린

♬ 프랑스 지방 민속춤에서 유래한 가볍고 빠른 춤곡으로, 이후 루이 14세 궁정에 소개되어 인기를 끌었다.

♪ 한 마디를 완전히 채우지 못한 마디. 날숨부터 음악이 시작한다고 볼 때 날숨 이전에 숨을 들이쉬는 효과를 내는, 못갖춘마디 속 짧은 박이 가보트의 특징이다.

다. '괜찮아. 다시 시작해도 돼.'

　　음과 음 사이를 경중경중 뛰어넘는 가벼운 리듬이 척추를 세우고 어깨를 들썩이게 한다. 바람이 불어 나뭇잎이 살랑이는 정도면 좋다. 마음을 돌리는 것은 탁월한 설득이 아니라 상냥한 공감이니까.

지그 ♪

요한 제바스티안 바흐
건반악기를 위한 파르티타 1번(BWV 825) 중 지그
그리고리 소콜로프(피아노)

　　소용돌이를 연상시키는 빠른 삼박자가 특징인 지그는 '타란텔라'를 닮았다. 이탈리아 남부에서 타란툴라 거미에게 물렸을 때 치료법으로 추었다는 이야기가 전해지기도 하는 타란텔라는 죽음에 맞서는 격정과 흥분을 고스란히 전한다. 꿈에서 깨어나기 직전, 지나온 여러 악장을 잊고 후회 없이 마지막 춤을 추라는 듯 지그는 열정적이다. 모든 기교와 선율을 흡수하여 휘몰아치는 삼박자 춤곡은 정화 의식을 치르듯 낡은 모든 것을 태워 버린다.

♪　　무용모음곡의 마지막 악장으로, 빠른 삼박자 춤곡이다.

루이 14세의 궁정을 화려하게 수놓았던 프랑스 무용모음곡은 가사 없는 음악도 의미를 전달할 수 있다는 희망을 주었다. 그림 그리듯 가사를 표현할 때라야 존재 가치를 증명했던 음악이 무용모음곡을 통해 다양한 악장 구성으로 가사 없이 하나의 이야기를 만드는 틀이 된 것이다. 일 년의 사계절을 그리듯, 인생의 생로병사를 묘사하듯, 그렇게 무용모음곡은 우리를 담는 또 다른 그릇이 되어 주었다. 그릇에 나의 시간을 담아 나만의 춤을 추는 인생은 음악이 된다. 그릇도 음악이고, 그릇에 담긴 음악을 연습하는 나도 음악이고, 느리고 초라해도 그릇에 담긴 내 시간과 이야기 또한 음악이다.

어느덧 음악과 함께한 세월이 40년을 훌쩍 넘었다. 유년기, 청소년기, 청년기를 거쳐 중년이 된 지금, 돌아보면 내 인생에 음악이 없던 시기는 거의 없었다. 때로는 쿠랑트나 가보트처럼 신났고, 때로는 사라반드처럼 우울의 끝을 달렸다. 때로는 프렐류드 농 므쥐레처럼 길을 잃었고, 때로는 지그처럼 화려하게 불타올랐다. 알망드처럼 중용의 미를 깨달은 것은 비교적 최근이다. 화려한 국제 무대에 서는 연주자만이 평생 음악을 하며 사는 것은 아니다. 삶의 기억 곳곳에 음악을 새겨 넣고, 음악으로 현재와 과거를 연결하며 좀 더 나은 미래의 나를 상상할 수 있다면 누구든 음악가로 살 수 있다.

물질 중심의 세상은 음악가를 상품처럼 여긴다. 전문 연주자와 아마추어 연주자 사이에 경계를 긋고, 생산자와 소비자 사이에 넘기 힘든 장벽을 세운다. 세상이 변하자, 인간만큼 연주를 잘하고 다양한 연주 스타일을 모방하고 종합할 수 있는 로봇도 생겨났다. 그러나 내가 몸을 움직여 직접 연주하는 어설픈 소리만큼 나를 좌절시키거나 만족하게 하는 것은 없다. 한계에 좌절하고, 반복을 통해 조금씩 극복하거나 또다시 실망하는 삶 속에 켜켜이 새겨진 음악은 그 어떤 것으로도 대체할 수 없는 나의 시간, 나의 이야기이기 때문이다. 그 이야기는 지금도 계속된다.

　　악기를 연주하고, 연습하는 경험은 하루를 그냥 흘려 버리지 않는다. 집중해서 읽는 음표와 움직이는 손가락, 동작의 결과로 울리는 소리와 그 소리를 다시 나의 귀로 듣는 지금, 이 순간, 시간은 나와 함께 정지한다. 손가락 사이로 모래알처럼 빠져나갔던 하루하루가 이제는 손에 닿는 촉감과 흘러내리는 속도, 손 주름 사이에 낀 반짝임으로 내게 다가온다.

　　죽음에 맞서는 지그를 연주하듯, 손바닥 안에서 무한을 관찰하는 음악 연습으로 남은 시간을 조각해 보자. 오늘이 인생 마지막 날인 것처럼.

한국과 미국, 프랑스에서 오르간, 하프시코드, 음악학, 피아노, 반주를 공부했고, 《음악의 언어》와 《일요일의 음악실》을 썼다. 현재 프랑스 렌 음악대학교와 렌 시립음악원에서 학생을 가르치고, 연주와 글쓰기로 음악과 삶을 연결하는 법을 고민하고 소통한다. 시간을 재료로 삼는 음악은 삶과 많이 닮았다. 어쩌면 음악이 인생을 구원할 수도 있지 않을까 꿈꾸며 산다.

공부(工夫) 되기

여성학자 정희진

1967년생. 공부를 잘하는 사람은 대단하지 않다.
노동의 달인일 '뿐이다'.

쓰기는

아는 것을 쓰는 것이 아니라

아는 것을 버리는 과정이다.

이 깨달음이 긴 세월 동안 내게 위로가 되었다.

'잘 늙는 것'은 불가능하다.[주] 어차피 기준은 '젊음'이기 때문이다. 질문을 달리해 보면, 나이에 따른 몸의 현상이 각기 다른데 왜 잘 늙어야 할까. 잘 젊어야 할 이유가 따로 없듯이, 잘 늙어야 할 이유도 없다. 노전(老前)이라는 말이 없듯이, 노후(老後)라는 말도 어불성설이다. 인간은 태어나면서부터 나이 든다. 그래서 나는 '늙음' 대신 '나이 듦'이라는 표현이 바람직하다고 생각한다.

젠더, 인종, 계급 문제도 역지사지가 어렵지만, 특히 나이 듦은 불가역적인 경험이다. 10대와 30대의 관계, 50대와 70대의 관계는 다를 것이다. 10대는 30대를 이해하기 어렵

[주] 이 글에는 "공부는 쓰기다" (정희진, 《오늘의 문예비평》, 2021년 겨울호, 도서출판 오문비, 통권 제123호)의 일부가 포함되어 있다.

고 30대는 50대를 이해하기 어려우며 50대는 70대의 위치에서 생각하기 어렵다. 그 반대는 아니다. 나이 든 사람은 젊었을 적 경험을 알지만, 나이가 적은 사람은 나이 든 사람의 세계를 이해하기 어렵다. 생물학적, 사회적 몸의 경험이 다르기 때문이다. 그래서 "너 늙어 봤냐, 나는 젊어 봤단다"라는 노래가 있고, "너도 늙는다"라는 제목의 칼럼이 공감을 얻는 것 아닐까.

예전에 어떤 모임에서 각자 죽기 전에 꼭 해 보고 싶은 일들을 말하는 시간이 있었다. 내가 운전과 수영이라고 하자 좌중이 모두 웃어서 당황했다. 내 희망은 간절했지만 사람들은 "겨우 그거냐"는 의미로 웃었다.

그런데 노후에 하고 싶은 일과 지금 하고 싶은 일이 왜 따로 있어야 할까? 노후에 하고 싶은 일 중에서 지금 할 수 있다면 지금 하면 되고, 대개는 지금 할 수 있는 일이다. 지금 못 하면 노후에도 못 한다. 이 모두가 노전과 노후를 구별해서 생긴 일이다. 나는 나이 든 후에 하고 싶은 일이 따로 없다. 지금 하는 일을 계속할 것 같다. 나이에 맞는 일이 따로 있다고 생각하지 않는다.

생애 주기와 노후 담론은 이데올로기다. 특히 노후 계획은 연령주의와 계급주의의 결합이다. 중산층의 경험에서만 노후는 은퇴를 의미한다. 한국인은 대개 평균 73세까지 일하므로 노후랄 게 거의 없는 셈이다. 중산층 이상이어야 노후라는 시기가 별도로 주어진다. 그들은 '남는 시간'을 어떻게 보낼 것인가가 고민이다. 그들의 경험을 일반화하여 노후 대책이라는 말이 나온 것이다.

노년기에 들어서도 자신이 좋아하는 일을 하려면, 아니, 최소한 하기 싫은 일을 하지 않으려면, 혹은 '비참'하지 않으려면 건강과 돈이 꼭 필요하다. 모든 불안은 이 두 가지에서 온다. 나이 든다는 것. 노안이 오고 체력이 예전 같지 않고 살이 찌고 무릎과 허리가 아프고 눈, 치아, 머리숱 등 몸의 모든 부분이 관심을 요구한다. 이때 짜증이 난다면 아직 나이 들지 않은 것이다. 나이 듦은 그만큼 수용하기 힘든 인식이다. 나이 든다는 것은 타자가 되는 것이며 그 이상의 경험이기도 하다. 죽음과 마주하는 문제다.

나 역시 노후에 대한 내 생각과 사회적 시선 사이에서 분열한다. 말로는 노전과 노후를 따지지 말자고 주장하지만, 모든 것이 격변하는 '노후'에 잘 나이 드는 것은 정말 어려운 일이다. 건강해서 타인에게 걱정을 끼치지 말아야 하고, 적당히 돈이 있어야 하고, 존중받을 만한 일을 하고 있거나 아니면 조용히 사라져 줘야 하고, 인간관계에서 상처받지 않아야 한다. 나이 든다는 것은 조금만 잘못해도 "늙어서 추하다"라는 소리를 듣는 일이다. 젊은이들도 기억력이 나쁠 수 있는데, 나이 들어 기억력이 나쁘면 곧장 치매로 의심받는 식이다.

누구나 자신의 성향과 조건에 맞는 노후 대책이 필요하다. 나의 노후 계획은 공부를 계속하는 것인데, 사전 준비 중에서 가장 중요한 것은 일을 덜 하고 최대한 돈을 절약하는 것이다. 강의를 줄이고 글을 쓰려면 궁핍한 생활, '외로운' 환경을 만들어야 한다. 나는 지금도 급한 생계 외에는 외출하지 않고 번잡한 인간관계를 피하려고 한다. SNS와 손전화도 사용하지 않는다.

돌이켜보면 나는 운이 좋았다. 내가 하고 싶은 일―읽고 쓰기―이 생계가 되었고, 아무래도 수입은 줄겠지만 앞으로도 이 일을 계속할 것이기 때문이다. 중고등학교 때까지 공부는 잘해야 하는 것이었고, 대학 시절은 공부의 의미를 찾기 어려운 시대였다. 여성운동단체 활동을 거쳐 대학원에서 여성학을 전공하면서 공부는 생계이자 존재 이유이며 내가 가장 좋아하는 일이 되었다. 여성학은 세계관이자 연구 방법론, 연구 윤리…… 그 모든 것이었다.

시간이 많이 흐른 지금은 세상사 모든 것이 혼란스럽지

만, 처음 여성학을 공부할 때는 매사 확신에 차 있었다. 남성 중심 사회에서 남성의 삶과 기존 언어는 일치하지만, 여성의 삶과 기존 언어는 불일치한다. 그 불일치와 모순이 내게 새로운 언어를 추구할 수 있다는 믿음을 주었고 지지가 되었다. 내가 평생 할 수 있는 일을 찾은 것이다!

도나 해러웨이식으로 표현하면 나는 '겸손한 목격자'로서 부분적(맥락적)이면서도 당파적인 세계관을 가지고 현실에 개입하는, 자신의 위치성을 자각한 자가 공부하는 즐거움을 알게 되었다.⤳ 연구자, 운동가, 당사자(피해자)의 구분과 위계에 대해서도 더 자유로울 수 있었다.

여성학을 공부하면서 나는 일(공부) 중독자가 되었다. 그래서 여행이나 인간관계 등 공부 외의 것에는 익숙하지 못하다. 특히 여행지에 가서도 써야 할 것에 대한 생각과 떠오르는 아이디어들 때문에 여행을 즐기지 못한다. 바람직한 삶은 아니다. 내가 몰랐다는 이유로 잘못된 판단을 하면 안 된다는 강박이 있어서 편안한 삶도 아니다.

나는 늘 내가 모르는 것에 대해 노심초사한다. 내가 무엇을 모르는지 알 수가 없기 때문이다. 모르는 상태의 삶, 공

⤳ 도나 진 해러웨이·사이어자 니콜스 구디브 지음, 민경숙 옮김, 《한 장의 잎사귀처럼》, 갈무리, 2005

부가 덜 된 상태의 삶은 불안하고 책임이 따르는 일이다.

×××

앞서 말한 대로 공부(工夫)가 나의 노후 계획이다. 넓은 의미의 공부는 누구나 평생 하는 것이고, 겪는 것이다. '인생 공부'는 이런 상황을 대변하는 말이다. 평생 교육 개념은 희박하고 "공부=입시"라는 인식 때문에 압박감을 많이 받는 한국인은 공부에 질렸을 것 같지만, 역설적으로 자신이 하고 싶은 공부에 대한 회한과 로망이 있는 듯하다.

10여 년 전 설문 조사다.⁾ 10대부터 70대까지 성별 연령별로 나누어 인생에서 많이 하는 후회를 조사했는데, "공부를 할 걸"이 가장 많았다. 설문 결과에 따르면 여성이든 남성이든 10대부터 50대까지 가장 후회되는 일로 '공부'를 꼽았다. 나는 이 조사가 놀라웠다. 많은 한국인이 공부에 대한 열정을 가지고 있다.

공부에 해당하는 한·중·일 한자는 각기 다르다. 한국어는 '工夫(공부)', 중국어는 '学习(xuéxí)', 일본어는 '勉强(べんき

ꞈ   "가장 많이 하는 후회 나이대별 정리",《부산일보》, 2012년 7월 20일 자, 인터넷판

148

ょう)'이다. 나는 우리말이 공부의 의미와 가장 가깝다고 생각한다. 김용옥 선생은 '工'은 '노가다'라는 의미이고, '노가다(工)를 하는 사람(夫)'인 지식인은 '노동의 달인'이라고 해석했다. 공부는 어부, 광부, 농부와 같은 항렬이다. 즉 공부를 잘하는 사람은 노동의 달인일 '뿐이다'. 지식인은 대단한 사람이 아니다.

'工夫'는 미국의 학자 찰스 라이트 밀스의 "지식인은 장인(craftsman)"이라는 말과 정확히 조응한다. 그의 명저 《사회학적 상상력》은 냉전 이후 미국 사회과학계의 보수성과 관료주의에 대한 비판에서 시작됐지만, 밀스는 좌파를 포함한 어느 진영에도 속하지 않고 외톨이를 자처했으며 두려움이 없었다. 1957년 자서전 성격의 편지에서도 "셀프 메이드(self-made)"를 강조했다. 이후 그는 신좌파의 선구자, 순교자, 뼛속까지 유목민인 사람으로 불렸다.

많은 비평가가 이 책에서 가장 중요하다고 말하는 부분은 부록인 "장인 기질론"이다. 지식인을 화이트칼라로 여기는 것은 앎에 대한 치명적인 오해다. 이런 인식이라면 절대로 공부를 잘할 수 없고 좋은 글이 나올 수 없다. 자료 조사, 인터뷰, 독서, 집필……. 글 한 편을 쓰기 위해 수천 쪽의 자료를 읽는 것은 기본이다. 체력과 끈기가 관건인 연구는 고된

노동이다.

밀스가 좋아한 용어인 '기예(craft)'는 세 가지 조건을 함축한다. 외롭고 지루한 노동, 완성도에 대한 비타협성, 창의력. "기존의 집단 문화에 저항하라. 모든 사람이 자신만의 방법론자가 되자. 모든 사람이 자신만의 이론가가 되고, 이론과 방법이 지식(craft)을 생산하는 실천이 되도록 하자."♪

네 살에 작곡한 모차르트 같은 이들을 제외하면, 대개 지식 수준은 헌신한 노동의 시간과 질에 의해 결정된다. 사유 자체가 중노동이다. 획기적인 문제의식은 노동의 산물이다. 여기에 선한 마음이 더해진다면 인간의 기적이요, 공동체의 축복이다. 공부를 잘하는 방법? 지적으로, 정치적으로 빼어난 글을 쓰는 방법? 득도 수준으로 몸을 훈육하는 것이 첫 번째다.

경쟁 사회에 국한해서 말한다면, 인간이 행복해지는 방법은 두 가지다. 욕망을 다루는 도인이 되거나 욕망을 달성하거나. 평생 욕망을 관리하느라 몸부림치는 것보다 (구조의 제약이 크긴 하지만) 달성하는 편이 더 쉬울지도 모른다. 욕망을 이루려면 노력해야 한다. 특히 지식인, 운동선수, 예술가

♪ 찰스 라이트 밀스 지음, 강희경·이해찬 옮김, 《사회학적 상상력》, 돌베개, 1992(1977)

는 부자나 권력자와 달리 혼자만의 노동, 자신과의 결투가 성공에 이르는 절대적인 분야다.

공부의 기원은 정확치 않다. 김용옥 선생에 의하면 옛날 옛적 중국에 물을 나르는 이가 있었는데, 두 개의 양동이에 물을 가득 채워 나르는 일을 반복했다고 한다. 당연히 처음에는 물이 찰랑거리고 대부분을 흘리고 말았다. 그러나 수없이 반복하다 보니 나중에는 빠른 걸음으로 한 방울의 물도 흘리지 않고 날랐다는 얘기다. 물 나르기가 몸의 일부가 된 것이다. 이를 체현이라고 한다. 무거운 물건을 쉽게 옮기는 이들도 이런 훈련의 예이다.

이처럼 공부는 몸에 쌓인 노동이다. 그리고 그 기본은 흔히 "엉덩이 싸움"으로 불리는 몸의 훈육이다. "아이들은 책상 앞에 앉아 있지만 말고 자연과 더불어 뛰어 놀아야 한다."는 주장은 당연한 말이지만, 오해를 부른다. 그것은 시간 배분에 대한 의견이다. 공부에서 열매를 맺으려면 성실성과 어느 정도의 시간 투입이 반드시 필요하다. 확실한 동기, 집중력, 지루함과 외로움을 견디는 능력, 자기 관리, 공부 자체에서 행복을 느끼는 자기 충족감 등이 있어야 한다.

공부는 인간의 조건이자 존재 양태다. 공부는 우리 생활 전반의 영역에서 발생한다. 인생 공부, 입시 공부, 평생학습,

경험, 여행, 일상……. 우리는 이 모든 행위에서 배우고 깨닫는다. '工夫'에서 핵심은 '工'으로, 훈련된 몸을 말한다. "몸으로 쓴 글"이라고 표현할 때, 바로 그 의미다. 몸이 공부(연구)의 도구가 되는 것이다.

× × ×

정확히 말하면, 쓰는 과정이 공부다. 쓰는 과정에서 자신의 인식이 변화하는 것, 그것이 몸으로 글쓰기요, 생산력 있는 공부다. 공부는 쓰기이며 그 과정에서 글자 그대로 환골탈태, 몸이 변화하는 변태(meta/morphosis, trans/formation)가 일어나야 한다. 글을 쓰기 전후가 다른 사람이어야 하고, 그런 글쓰기 과정만이 새로운 지식이 생산되는 방법이다. 당연히 쉽지 않다. 그러나 이 과정에서 열락을 느껴 본 사람은 공부를 즐기게 된다. 이런 공부에 중독된 사람은 '사회생활'을 하지 않는 경우가 많다.

읽기, 쓰기, 듣기, 말하기 중 (원어민처럼) 쓰기가 가장 어렵다. 왜 쓰기가 가장 '느릴까'. 쓴다는 것은 어떤 행위이고, 어떤 노동이고, 어떤 상태인가. 쓰기는 생각을 형상화하는 작업, 즉 표현의 영역이다. 우리는 늘 말한다. 쓰고 싶은 이야기, 써야 할 주제, 할 말이 너무 많다. 하지만 그것을 쓰기 전까지는 생각의 조각일 뿐이다. 그 생각을 형식에 맞게 물질화할 수 있는 능력은 전혀 별개의 차원이다.

댓글, 혐오 발화나 키보드 워리어의 '긴 글', 블로그의 '편안한 글' 등이 쓰기로서 공부와 거리가 있는 것은, 형식의 구애를 받지 않기 때문이다. 소위 "아무 말 대잔치"는 아무 말이나 한다는 의미도 있지만, 본질적으로는 논리가 없다는 말이다. 여기서 논리란 '논리적'이라는 뜻이 아니라 말의 맥락, 상황, 적절성, 연결, 성장, 확대, 넘어섬 등을 의미한다.

쓰기가 최고의 공부이자 지식 생산 방법인 이유는, 쓰는 과정에서 모르는 것을 알게 되기 때문이다. 쓰기와 실험 외에는 모르는 것을 아는 방법이 많지 않다. 특정 분야의 전문가가 아닌 한 본인이 아는 것을 쓴 글은 "지당하신 말씀"이거나 지루한 글이 된다. 이런 글은 통념의 반복일 뿐이다. 이처럼 쓰기는 아는 것을 쓰는 것이 아니라 아는 것을 버리는 과정이다. 이 깨달음이 긴 세월 동안 내게 위로가 되었다. 계속적인 모색, 다시 말해 모르는 것을 찾아 헤매는 상태의 지속이 곧 공부를 '잘하는' 방법이라는 신념이 있었기 때문이다.

공부에는 완성이 없다. 공부는 추구의 과정이라는 사실이 나를 경쟁 사회에서 버티게 해 주었다. 좋은 글은 글쓴이가 글을 쓰면서 변화하고 새로운 것을 깨닫는 과정에서 나온다. 그러므로 글은 객관적인 생산물이라기보다는 개인의 성장물이며, 그런 글은 독창적일 수밖에 없다. 그런 면에서 글의 성격은 내게 중요하지 않다. 논문이든 에세이든 칼럼이든 나를 성장시킬 수 있는 글이면 된다. 그래서 나는 글의 효과를 강조하는 푸코의 담론 개념을 사랑한다.

생각과 읽기가 공부의 주요 수단이라고 생각하기 쉬운데, 그렇지 않다. 이와 관련하여 수학처럼 좋은 사례도 없을 것이다. 남이 풀어놓은 것을 이해하는 능력(읽기)과 자기가 직접 푸는 능력(쓰기)은 완전히 다르다. 전자는 수학 점수가 안 오르는 지름길이다.

글을 쓰다 보면 막히는 때가 있는데, 이는 거기서 멈추고 다시 질문해야 한다는 좋은 신호다. 모든 것을 다시 점검해야 한다. 쓰다가 길을 잃은 느낌이 드는 데에는 반드시 이유가 있다. 최초의 문제의식과 다른 내용을 쓰고 있거나, 자기 생각을 뒷받침할 사유 틀(이론)을 찾지 못해 '이론을 창시하는 고통'을 겪고 있거나, 사례가 적절하지 않거나, 문제의식 자체가 틀렸거나…….

이 과정을 통해 내가 모르는 것을 깨달아야 하는데, 이는 쓰기를 반복해야만 알 수 있다. 겪어야만 깨달을 수 있고,

이때 새로운 지식이 생산된다. 과학자는 실험을 반복하고, 글쓴이는 쓰기를 반복한다. 프로 운동선수나 세계적인 예술가들은 연습을 거듭한다. 연습을 훈련이라고 하는 이유다. 거듭하는 연습을 훈련이라고 하는데, 이는 몸에 익을 만큼 되풀이한다는 뜻이다. 우리는 위대한 운동선수나 예술가의 영광을 보지만, 사실 그들의 영광은 일반인이 상상할 수 없을 만큼 연습한 몸의 결과다.

연습이 예술(art, 기술)이다. 공부는 쓰기가 연습이다. 글쓰기의 좌절에 익숙한 나는 완벽한 글은 없어도 완벽한 인생은 있지 않을까라는 망상에 자주 빠진다. 그래서 부동산 매매로 인한 불로소득보다 표절로 인한 불로소득이 내용상으로는 더 부정의하다고 생각한다. 전자는 세금도 내고 비난도 받는다. 발품도 팔아야 한다. 표절은 그냥 아무것도 안 하기다. 표절은 새로운 글, 익숙하지 않지만 뭔가를 시도하는 글, 논쟁적인 글을 쓰려는 이들을 죽인다.

훌륭한 저작을 남긴 지식인이나 작가의 오만을 사랑할 수 있는 이유가 여기 있다. 쓰기를 반복하는 일은 좌절의 연속이다. 그러니 무조건 계속 쓸 수도 없다. 길을 잃는 공포가 엄습한다. 사유보다 힘든 일이 쓰기다. 그래서 우울은 공부의 벗이다. 공부를 멈추지 않는 사람은 겸손하다. 자신에게 몰두한다. 계속 자기 한계, 사회적 한계와 싸워야 하기 때문이다. 공부를 계속하는 사람이 드문 이유다.

내가 역사에서 가장 부러워하는 인물이 있는데, 프랑스의 사상가 볼테르의 친구인 니콜라 클로드 티에리오이다. 그는 당시 부르주아 가정에서 태어나 평생 책만 읽으며 거의 매일 볼테르와 대화를 나누었는데, 그 많은 책을 읽었으면서도 단 한 줄의 문장도 남기지 않았다. '그런데도' 그는 볼테르의 친구로서 볼테르와 관련한 문헌에 언제나 등장한다. 그의 이름은 역사에 남았다. 한 줄도 안 썼는데! 일상의 노동에서 완전히 자유로운 백인 중산층 남성의 특권이다.

쓰기의 고통은 김승옥이 스물두 살에 쓴 단편, 〈누이를 이해하기 위해서〉에도 등장한다. 너무나 솔직하다. 그는 고뇌를 사랑하는 사람을 존경하지만 "그들을 존경하기만 하면 그걸로써 의무감의 해방을 느끼는 사람이 됐으면 좋겠다."라고 말했다.↵

그럼에도 "왜 글을 쓰는가". 내가 가장 많이 받는 질문이기도 한데, 대답은 간단하다. 앞서 말한 대로 생계가 첫 번째였고, 두 번째는 내가 주변인이라는 사실이 유일하게 자원으

↵ 김승옥, "누이를 이해하기 위해서-또는 어떤 치한 소묘 습작", 〈산문시대 4호〉, 산문동인 편, 가림출판사, 1963

로 작용하는 분야가 공부이기 때문이다. 김미례 감독의 다큐멘터리 〈동아시아반일무장전선〉(2020)에는 이런 말이 나온다. "사회적 약자가 가장 가질 수 없는 자원은 폭력이다." 이와 달리 국가, 자본, 권력층은 합법적이든 비합법적이든 구조적으로 폭력의 총체다. 다시 말해 사회적 약자의 무기는 언어밖에 없다. 게다가 사회적 약자의 경험은 지배 이데올로기와 일치하지 않기 때문에 자신의 위치성을 자각한 이들의 글은 독창적일 가능성이 많다.

'다른 이야기'만이 세상을 구할 수 있다. 그리고 다른 이야기, 창의적인 이야기는 쓰기의 계속적인 실패를 통한 모색에서만 가능하다. 공부는 하는 것이 아니다. '노가다', 工夫가 되는 것이다.

여성학·평화학 연구자. 《페미니즘의 도전》, 《다시 페미니즘의 도전》, 《아주 친밀한 폭력》, 《혼자서 본 영화》, 《정희진처럼 읽기》, 《낯선 시선》, 《정희진의 글쓰기 시리즈》(전 5권) 등을 썼으며, 《한국 여성인권운동사》, 《성폭력을 다시 쓴다》, 《양성평등에 반대한다》, 《미투의 정치학》 등의 편저자이다. 《'위안부', 더 많은 논쟁을 할 책임》 등 100여 권의 공저가 있다. 2024년 이화여자대학교 한국여성연구원이 수여하는 '이화-현우' 학술 교양 부문 수상자로 선정되었다.

사랑을 돌려주기 시작할 때

식물학자 신혜우

1985년생. 우리가 지구에서
생명체로 만난 이 순간을 소중히 여길 수 있기를.

내가 받은 도움에 보답하는 방법은

그들이 내게 준 걸

다음 사람에게 주는 것뿐이다.

다음 사람이 어른이 될 수 있도록 돕는 것이다.

"긴 인생에서 보면 별거 아니에요. 그냥 건강하면 돼요."

졸업한 지 벌써 5년이 지났다. 박사 학위를 받은 후 얼마 지나지 않아 지도 교수님은 퇴직하셨다. 학위 과정을 마친 뒤 교수님은 나를 "신 박사"라고 부르시지만 나는 아직도 학생처럼 무슨 일이 생기면 교수님께 징징거린다. 하소연이라는 말보다 '징징거린다'라는 말이 적절할 정도로 어린애같이 말이다. 최근에 한 과학 학술지에 논문을 제출하면서 세 번의 거절을 받았다. 그보다 많은 거절도 과학자에게는 흔한 일이지만, 초보 과학자인 내게는 꽤 심란해지는 경험이었다. 그래서 한국에 계신 교수님께 징징거리는 메시지를 보냈다. 그리고 저런 답변을 받은 것이다.

교수님은 처음부터 나에게 존댓말을 하셨다. 학위를 받

기 전까지는 늘 "신 선생"이라고 부르셨다. 특히 '생'이라는 음절을 길게 끌고 특유의 리듬을 넣어 다정한 할머니처럼 부르셨는데, 왠지 모를 따뜻함이 느껴졌다. 하지만 다른 학부생이나 석사생에게는 친근하게 이름을 부르시면서도 내게는 그러지 않으시는 게 내심 섭섭했다. 내가 늦은 나이에 두 번째 박사 과정을 시작했기 때문일 거라고 짐작했지만 거리감이 느껴졌다.

교수님과 알고 지낸 8년 반 동안 "혜우야"라며 이름을 부르신 적이 딱 한 번 있다. 함께 러시아 캄차카반도로 식물 채집을 갔을 때였는데, 눈 쌓인 높은 산 위에서 내가 러시아 사람들이 준 차가운 감자 요리를 먹고 급체한 상황이었다. 처음으로 다급하게 이름을 부르셨는데, 아픈 와중에도 은근히 기뻤다. 정신이 아득했지만 교수님께서 내 팔다리를 열심히 주무르시던 모습은 지금도 생생하다.

남자 교수가 주를 이루는 식물분류학계에서 지도 교수님은 딱 둘 있는 여자 교수 중 한 분이셨다. 학부와 석사, 첫 번째 박사 과정을 지도 교수님 아래에서 보내지 않았지만 그때도 교수님을 알았다. 현재 70대인 여성이 넓지 않은 한국 학계에서 교수로 자리 잡기란 쉽지 않은 일이었던 만큼 오래전부터 꽤 유명하셨다. 도전적이고, 냉철하고, 날카롭고, 똑

부러지는 걸로 말이다. 다른 교수님들보다 연세도 많으셨던 터라 정말 나에게는 까마득하게 높이 있는 식물학자셨다. 그런 분이 스승님이 될 줄은 꿈에도 몰랐다.

어쩌다 보니 시련도 많고 인생이 꼬여 4년이나 이어 왔던 첫 번째 박사 과정을 급작스레 그만두게 되었다. 그리고 프리랜서로 2년 반을 보냈다. 그때는 한국에서 식물학을 공부하는 것을 완전히 포기했고 해외 과정을 알아보고 있었다. 그러다 우연히 프리랜서로 프로젝트에 참여했다가 지금의 지도 교수님을 만났다. 사정을 들으신 교수님은 한국에서 다시 박사 과정을 시작할 수 있도록 용기와 도움을 주셨다. 교수님은 퇴직을 앞두고 계셨기에 졸업까지 오랜 시간이 걸리는 박사 과정 학생을 제자로 받아도 될지 고민하셨다. 새로운 실험 기술을 시도하는 젊은 교수님을 추천하셨지만, 나는 전통적인 것에 더 관심이 많았고 도움을 주신 것이 감사해 고집해서 교수님 실험실로 들어갔다.

입학 후 함께 지내며 알게 된 교수님은 내가 짐작하던 모습과는 전혀 다른 분이셨다. 가끔 엄하셨지만 긴장되고 결정적인 순간에는 모든 걱정을 내려놓게 만드셨다. 교수님의 이러한 면모를 마주하는 건 항상 생각지도 못한 순간들이었다. 앞에서 언급한 두 사례처럼 말이다. 위급하거나 긴장된 상황을 대하는 교수님의 초월적 태도는 오랫동안 생물을 연구한 과학자의 진정한 깨달음에서 비롯된 것 같았다. 우리는 모두 언젠가 죽어 사라질 생명이니 살아 있는 동안 건강하게 자신을 돌보고, 서로 존중해야 하며, 힘든 일도 끝이 있으니 그저 스쳐 지나간다는 걸 기억해라, 결국 인생사 별거 없다, 인생에서 무엇이 정말 중요한지 생각하라는.

대학에 입학한 후 아버지는 내게 스승을 찾아야 할 거라고 말씀하셨다. 인생에 대해서는 계속 조언해 줄 수 있지만, 내가 가려는 길에 관해서는 아는 게 없다고 하시면서. 초중고에서의 선생님과 달리 대학에 가면 내가 가려는 길을 잘 알고 있는 교수님들을 만날 테니 쉽게 인생의 스승을 찾을 줄 알았다. 그러나 박사 학위 과정을 마치고 다른 과학자들과 얘기를 나눠 보니 그런 스승을 못 만난 사람이 더 많았다. 어머니 말씀처럼 나는 인복이 있는 것 같다. 물론 최악의 사람을 만나 여러 해 동안 고생한 적도 있으나 그런 몇몇을 빼면 평생에 한 명 만날 수 있을까 말까 할 정도로 아름다운 스승님이 내게는 여럿 있다. 지도 교수님의 권유로 미국에 오면서 만난 지금의 지도 연구관님도 내 삶의 진정한 어른 중한 분이다.

×　×　×

　　처음 만났을 때 지도 연구관님은 이미 일흔 중반을 넘긴 연배였고 지금은 여든이 넘으셨다. 미국에서는 고령이어도 과학자가 연구를 계속할 수 있기에 그는 작년까지 현직에 있었다. 연구관님은 수많은 논문을 출판하셨고 세계적으로 존경받는 과학자이지만 그 사실을 몰랐던 때에도, 그 사실을 알게 된 이후에도 항상 친구 같다.

　　교수님과 연구관님의 인연은 베이징에서 열린 학회에서 나눈 짧은 대화에서 시작되었다. 학회에서 처음 본 연구관님의 인상이 좋다고 생각하신 교수님은 불쑥 우리 대학교 학생을 미국 연구소로 보내도 되겠냐고 물으셨다. 연구관님은 그런 뜬금없는 제안을 고민 없이 수락하셔서 곧 우리 대학과 미국 연구소는 협약을 맺었다.

　　그러나 5년 넘는 기간 동안 어떤 한국 학생도 지원하지 않아서 협약은 끊어졌다. 그 후 내가 입학했고 우연히 교수님으로부터 그런 협약이 있었음을 듣게 되었다. 연구소는 미국에서도 저명한 정부 기관이어서 꼭 이곳에서 연구 생활을 경험해 보고 싶었다. 내 의사를 확인한 교수님은 오랜 시간이 지났음에도 주저 없이 연구관님께 메일을 보내셨다. 연구

166

관님 또한 하루도 되지 않아 답장을 보내셨고, 다시 협약이 체결되어 내가 이곳으로 올 수 있었다.

단지 인상이 좋아 제안하고 고민도 없이 수락한 두 분의 태도는 지금도 의아하기만 하다. 그 이후에 내가 두 분을 잇는 다리 역할을 종종 했지만, 사실 두 분은 베이징에서의 짧은 대화 이후 다시 만난 적이 없다. 여전히 서로 잘 모르신다. 그런데도 교수님은 내가 미국으로 떠나기 전날 연구관님을 아버지라고 생각하고 잘 따르라고 하셨다. 연구관님을 실제로 뵙고 보니 그렇게 믿고 따를 수 있는 분이셨다. 두 분은 어떻게 한눈에 서로를 알아보셨을까?

미국에서 지내면서 교수님 특유의 초월적이고 따뜻한 태도를 연구관님에게서 보게 되었다. 나는 식물 채집을 위해 여러 나라를 여행했으나 장기간 외국에서 살아 본 적은 없었다. 게다가 미국에 대한 환상이나 관심이 없었던 터라 애써 정보를 찾아보지도 않았고, 처음 살게 되었을 때 이 나라에 대해 잘 알지 못했다. 덕분에 정말 바보 같은 일을 많이도 저질렀다. 그때마다 연구관님은 내 곁에서 묵묵히 모든 것을 기다리고 해결해 주셨다.

미국에서 지낸 첫 달, 이 낯선 땅이 위험하다는 생각만 가득했다. 매일 해가 지기 전에 기숙사로 돌아가서 모든 문과 상분을 꼭 잠갔다. 한 달쯤 지나 조금 용기가 생겼을 때 혼자 렌터카를 빌렸다. 연구소가 도심에서 외따로 떨어져 숲속에 있다 보니 차가 없으면 슈퍼에도 갈 수 없어서 무척 답답했기 때문이다. 렌터카 회사의 직원이 연구소 기숙사에서 렌터카가 있는 회사까지 차를 태워다 주었다. 신나게 렌터카를 쓰고 반납 시간에 렌터카 회사로 갔다. 렌터카 회사에는 손님을 다시 집까지 바래다주는 서비스가 있어서 그걸 이용할 생각이었다. 그런데 도착했을 때 회사의 문은 닫혀 있었다. 차 열쇠를 반납하는 상자만 덩그러니 있었다.

다급하게 연구관님께 전화를 걸었다. 댁이 그곳에서 꽤 멀었는데도 연구관님은 곧바로 나를 태우러 오셨다. 연구관님을 기다리는 동안 차 안에서 해가 지는 걸 보면서 두려움에 떨었다. 당시에 나는 택시가 지나다녀도 그 형태가 한국 택시와 달라서인지 알아차리지 못했다. 대중교통이 발달하지 않은 작은 마을이라 버스를 본 적도 없었다. 연구관님은 직접 차를 몰아 데리러 오기보다 그저 택시의 형태를 설명해 주거나 택시 기사의 번호를 알려 주셔도 되었을 것이다. 그러나 전화기 너머의 연구관님은 아무것도 묻지 않으셨다. 통화를 마치자마자 내게 달려와 주셨다.

1년 동안의 연구원 생활을 마치고 한국으로 돌아갔다가

4년 뒤 박사후연구원 자격으로 다시 이곳으로 왔다. 연구관님은 기꺼이 나를 데리러 공항에 오셨다. 긴 타향살이 준비와 비행을 마쳤고 입국 심사대를 통과하기만 하면 연구관님을 만날 수 있다는 생각에 들떴다. 예전에 1년을 살았던 곳이고 미국을 드나들며 입국 심사 때 문제가 생긴 적이 한 번도 없었던 터라 별걱정 없이 심사대로 갔다. 미국 정부 기관에 연구하러 왔다는 문서도 갖고 있어 느긋한 마음이었다.

입국 심사관은 왜 미국으로 왔냐고 물었다. 식물학자이며 연구를 하러 왔다고 답했다. 다음 질문에서 '무엇'이라는 문장의 첫 단어만 들었는데 "Orchid(난초)"라고 대답해 버렸다. 무엇을 연구하냐는 질문일 거라 지레짐작한 것도 있고, 쉬지 않고 날아온 14시간의 긴 비행으로 정신이 없기도 했다. 심사관은 그게 뭐냐고 다음 질문을 이어 갔다. 나는 식물이라고 대답했다. 심사관은 눈을 동그랗게 뜨며 지금 너의 수화물 속에 식물이 있다는 말이냐고 되물었다.

아차 싶었다. 내 수화물 속에는 식물이 없다고, 난초를 연구하러 온 것이라 해명했지만 이미 늦어 버렸다. 내 여권은 빨간 상자에 들어가 열쇠로 잠겼고, 일명 '진실의 방'이라 불리는 심층 입국 심사대로 불려 갔다. 미국의 정부 기관에 연구하러 왔다는 모든 자료가 등록되어 있었기 때문에 심층

조사를 받지는 않았지만, 한참이나 대기하다가 비행기에서 내린 사람 중 마지막으로 공항을 빠져나왔다. 비행기가 착륙하고도 오랜 시간이 지난 뒤였다.

연구관님은 텅 빈 공항에 홀로 앉아계셨다. 공항에서 연구관님 댁까지 두 시간이 걸렸다. 공항에 오고 가고, 기다리고, 집에서 밥을 해 주시고, 밤에 밀린 얘기를 나누고, 잠잘 방을 내어 주신 후 다음 날 연구소까지 데려다주신 시간까지 다 합치고 보니 나를 위해 너무 많은 시간을 쓰셨다. 한시가 바쁜 세계적 과학자의 시간을 내가 이렇게 무의미하게 써 버려도 될까 싶은 생각이 머릿속에 가득했다.

연구관님께 도움을 요청하는 일은 미국에 적응하면서 점차 줄어들었다. 그러나 3년 동안 언제나 연구관님은 내가 바라는 그대로, 묵묵히, 곧바로 도움을 주셨다. 운전면허 시험장의 이상한 일 처리 때문에 몇 번이나 시험장에 가야 했을 때 매번 흔쾌히 동행하셨고, 시험을 칠 때 응원하며 기다리시고, 마트에 가거나, 차를 사러 가거나, 보험에 가입하는 등 연구관님이 하지 않아도 될, 식물학과 전혀 관련 없는 그런 일들 말이다. 식물생태학을 배우러 온 내게 방대한 지식을 전해 주고 과학자로서 놀랍도록 성실하고 창의적이었던 건 두말할 필요도 없다. 지도 연구관으로서 추천서를 쓰거나 논문과 다른 연구자를 소개하는 등의 도움도 모두 요청하는 즉시 해 주셨다.

연구관님은 세계적으로 권위 있는 과학자지만 누구에게도 권위적이지 않으셨다. 친구처럼 편안하지만 모두 그를 존경한다. 누군가 도움을 구하면 크든 작든 최선을 다해 돕고, 상대방은 그가 자신의 시간을 할애한다거나 낭비한다는 느낌을 전해 받지 않는다. 그 순간에 온전히 자기 일처럼 함께하기 때문이다. 퇴직 후에도 모두 그를 기억하고, 그리워하고, 그에게 어떤 도움이 필요할 때는 서로 나서서 도우려고 했다.

교수님에게서 느꼈던 초월적 태도를 연구관님에게서 다시 볼 수 있었다. 그의 말과 행동을 보면 우리가 생명체이며 이 지구상에 함께 있고 이 순간 만났음을 소중하게 여김을 느낄 수 있었다. 계산하거나 다투지 않고 다른 생명체를 진정 존중하는 태도는 생물학자가 얻을 수 있는 최고의 철학적 깨달음 중 하나일 것이다. 그걸 체화할 수 있다면 '진짜' 박사, 즉 'Doctor of Philosophy'일 것이다. 박사 학위가 있는 사람의 이름 앞에 붙는 약자 'PhD'에 철학(Philosophy)이라는 단어가 들어간다는 걸 떠올리면 그는 분명 대단한 철학자다.

연구소에서 누군가 퇴직하면 기념 파티를 여는데, 그의

퇴직 기념 파티는 좀 달랐다. 우리 연구소가 소속된 스미스소니언 협회에서는 연구관님께 명예 메달을 수여했다. 그는 스미스소니언의 최초 메달 수상자 중 한 명이 되었다. 퇴직 연설 후 과학자들이 모두 일어나 그에게 오랫동안 박수를 보냈다. 이 연구소에서 열린 여러 번의 퇴직 기념 파티 중 처음 보는 풍경이었다.

자신을 위한 파티에서도 연구관님은 감동을 선사했다. 퇴직하는 사람들은 연구소 생활을 돌아보고 짧은 소감을 말하곤 했는데, 연구관님은 종이에 할 말을 꼼꼼히 적어 오셨다. 연구 생활 동안 함께한 이들과의 추억을 떠올리고 그들에게 전하는 진심 어린 감사는 매우 감동적이었다. 거기에는 나는 물론이고 이제 갓 실험실에 들어온 연구원도 등장했다. 이 할아버지 과학자가 평생에 걸쳐 연구를 함께한 모두를 꼼꼼하게 떠올리고 긴 시간을 들여 글을 써 내려갔을 모습을 상상하니 무척 뭉클했다.

× × ×

선배나 선생님처럼 어떤 지위를 얻는다고 해서 어른, 즉 성숙한 사람이 되는 게 아니라는 걸 어릴 땐 몰랐다. 이제 와

놀이켜 생각해 보면 살면서 만난 수많은 어른 가운데는 지식만 전해 준 사람도 있었고 진짜 어른도 있었다. 슬프지만 진짜 어른은 그리 많지 않았다. 나 또한 어떤 어른이 될지, 어떻게 나이 들어야 할지 진지하게 생각하게 된 건 서른이 넘고 나서니 긴 시간을 준비 없는 선배, 선생님, 어른으로 지냈던 것 같다. 스무 살이면 성인이 된다지만 20대의 삶은 어른의 특권을 누리기 바빴을 뿐이다. 어른이 되기 위해 시행착오를 겪고 배울 마음은 없었다.

그럴 준비가 되었는지 돌아보지 않고 누군가의 선배가 되고 싶어 하던 시기가 있었다. 석사 학위 과정 때였다. 석사 과정은 정말 힘든 시기였고 후배가 들어오길 간절히 바랐다. 하지만 과정이 거의 끝날 때까지 1년 반 동안 후배가 없었다. 그러다가 세 명의 후배를 맞이했을 때 얼마나 좋았는지 모른다. 이제 정말 실험실 막내를 탈출했다고 생각했고, 힘들었던 만큼 좋은 선배가 되고자 다짐했다.

결과적으로 나는 어찌할 줄 몰랐고 미성숙했다. 박사 과정 때는 누군가 새로 들어와도 무덤덤했다. 신입생으로 실험실에 들어갔을 때 나이 많은 선배가 내게 아무 관심이 없었던 것처럼. 지금도 좋은 선배가 무엇인지 모른다. 하나 아는 건 우리 모두 살아 있는 동안 만난 인연이니 존중해야 한다는 것뿐이다.

누군가를 가르치기 시작한 건 스물여덟 살 때였다. 그 전에도 학부 수업 조교나 짧은 강연 등을 했지만, 진짜 선생 님으로 강단에 선 것은 그때가 처음이었다. 나이를 정확하게 기억하는 이유는 이 나이에 누군가를 가르쳐도 되는가에 대 한 고민이 많았기 때문이다. 초중고의 많은 선생님이 그보다 어린 나이에 선생님이 되지만, 그들과 달리 나는 가르침이라 는 것에 대해 어떤 훈련도 받은 적이 없었다.

선생님이 될 준비도 없이 한 대학교의 산림학과 교수님 의 제안으로 수업을 하게 되었다. 단기 수업이라 부담스러운 강의는 아니었지만 30~40명이 모인 강의실에서 강단에 서 있는 내가 가장 어린 사람이었다. 나를 초대한 교수님은 내 심 걱정이 되셨는지 첫 번째 수업에 들어오셨다. 세 시간이 넘는 수업 내내 무엇을 했는지 잘 기억나지 않는다. 대부분 패닉 상태였기 때문이다. 학생 중 나이가 많은 분은 자기 아 들을 소개해 주겠다는 농담을 하기도 했다. 모든 순간에 제 대로 대처하지 못했고 당황했다. 강의 준비를 철저히 해 갔 는데도 완전히 엉망진창이었다.

그 수업은 인생에서 처음 겪어 보는 종류의 고난이었다. 선생님이라는 위치와 가르친다는 것에 대해 정말 깊은 고민에 빠졌다. 다음 학기에 대학에 있는 교수법 수업을 신청했다. 담당 교수님은 대학교 교수님들에게 가르치는 방법을 교육하는 분이셨는데, 박사 과정생을 위한 수업도 개설하신 것이었다. 매우 직설적이고 다소 냉소적인 분이셨다.

첫 수업에서 하셨던 말씀이 기억난다. 초중고 선생님과 다르게 교수라는 직업은 가르치는 방법을 배우지 않고 가르치게 되는 경우가 많다고. 그래서 자신의 교육 방법에 문제가 있음을 모르는 사람이 많으며, 학생들을 고통스럽게 한다고. 게다가 지식이 많기에 당연히 가르치는 것도 잘한다고 믿어서 교수법 수업에 들어와서도 수업 태도가 무성의하다고 하셨다. 너무 심하게 얘기하시는 건 아닌가 의아했지만, 한편으로 나 또한 준비 없이 선생님이 되어 학생들에게 고통을 주었다는 사실에 아찔했다.

수업에 들어온 학생들은 각기 다른 사연이 있었는데, 몇몇은 갑자기 강의하게 되었다가 나처럼 꽤 심한 패닉 상태를 맛본 사람들이었다. 우리는 좋은 교육 방법과 청중을 사로잡은 강연 방법 등을 조사하고 토론했다. 한 명씩 나가 시연도 하고 좋은 점과 나쁜 점을 서로 알려 주었다. 그 수업을 통해 정말 많이 배웠고 깊이 생각할 수 있었다. 여전히 실전 경험이 부족했지만 조금은 사명감과 자신감을 가지게 되었다.

처음 강단에 섰던 학교 말고 같은 시기에 다른 대학교에서도 강의 요청을 받았었다. 그곳에서는 딱 한 번의 수업 이후 나를 다시 부르지 않았다. 그러나 첫 번째 대학에서는 그로부터 8년 동안 강단에 설 수 있었다. 그렇게 해를 거듭하며 강의하는 법을 익혀 나갔다. 그곳 외에 여러 곳에서 강의와 강연을 했지만 창피하지 않은 선생님으로 거듭날 수 있게 된 건 분명 산림학과 교수님 덕분이다. 그분은 내가 성장할 수 있게 기다려 주셨고, 선생님이 해야 할 일 중 기다림도 매우 중요하다는 걸 가르쳐 주셨다.

이제는 선배와 선생님이란 역할을 예전보다 편안하게 받아들이고 있지만, 잘하고 있냐고 묻는다면 그건 아닌 것 같다. 지식은 효율적으로 전달하고 있으나 내가 좋은 선배나 선생님이냐고 묻는다면 여전히 아니다. '진짜' 어른이 되어야 좋은 선배나 선생님이 될 수 있을 것 같은데, 어떻게 어른이 되어야 할지 아직도 잘 모른다. 교수님과 연구관님을 보며 어른이 무엇인지 생각하고, 부러워하고, 따라가고 싶지만 원래 그런 성품으로 태어난 사람만 가능한 거 아닌가 하고 회의하는 순간도 있다.

어른이 되는 건 차치하고 일단 받은 은혜를 갚아야 한다고 생각했다. 기회가 있을 때 선물이나 편지로 마음을 전

하고, 강연하거나 글을 쓰게 되면 그분들의 성함이나 일화를 얘기하며 감사함을 표했다. 하지만 어느 순간 정확히 알게 되었다. 그들에게 받은 은혜를 그들에게 모두 갚을 수는 없다는 걸. 보답하는 데는 한계가 있고 내가 받은 도움에 비해 너무 보잘것없었다. 정말 은혜를 갚는 방법은 그들이 내게 준 걸 다음 사람에게 주는 것뿐이었다. 다음 사람이 어른이 될 수 있도록 돕는 것이다.

지금까지 배운 것으로 다른 사람을 돕는 일을 해 보고 싶다고 서른 중반부터 생각해 왔다. 그런 일을 할 수 있다면 진짜 어른이 된 것이 아닐까 하고. 기반 시설이 부족한 나라에 식물 채집 일로 방문했던 적이 있다. 그 나라에 다시 찾아가 어린이들에게 식물학과 그림 그리기를 가르치는 것이 한 방법이 되지 않을까. 파괴된 숲과 가난한 어린이들을 동시에 도울 방법을 생각하다가 어린이들의 식물 그림을 모아 다른 나라에서 출판하고 그 저작료를 어린이들에게 주면 좋을 것 같았다. 어린이들에게 경제적 도움이 되면서 그들이 자기 나라의 식물이 얼마나 소중한지 알게 되지 않을까 해서다. 그런 종류의 생각을 계속 다듬으며 내 일을 해 나가다가 쉰 살이 되면 실천하려고 했다.

그런데 사람들에게 이 계획을 말하기 시작하면서 과연

신 살에 시작하면 잘할 수 있을까 하는 의문이 들었다. 준비 없이 시작했던 선배나 신생님의 경험을 되풀이하고 싶지 않았다. 지도 교수님께 내 꿈과 고민을 얘기하자 교수님은 퇴직한 교수들이 기부금을 모아 인프라를 갖추지 못한 나라에 세운 한 학교를 알려 주셨다. 이번 여름에 용기를 내어 그 학교에 이메일을 보냈다. 긴장되었다. 막상 실천하려니 도움을 주고자 하는 마음과 달리 그곳에서 나를 필요로 할지 조심스럽기도 했다.

도착한 답장은 감사하게도 긍정적인 내용이었다. 내년에 그곳에 방문할 계획이다. 지금까지 배워 온 것들이 얼마큼 도움이 되고 어떤 영향을 줄지 알 수 없지만, 분명 새로운 인생이 펼쳐지리라 생각한다.

내년이면 마흔이 된다. 불혹은 세상일에 정신을 빼앗겨 판단을 흐리는 일이 없게 되는 나이라지만 나는 아직 아니다. 너무 미숙하다. 대신 마흔을 불혹의 의미대로 성장하기 위해 훈련을 시작하는 때로 정했다. 그러다 쉰 살이 되면 능숙하게 다른 이들을 도울 수 있는 사람이 되어 있길 소망한다. 나의 스승님들처럼. 내게 마흔은 어른이 되기 위한 시작점이자 받은 사랑을 돌려주기 시작할 때다.

그림 그리는 식물학자, 식물을 연구하는 화가. 《식물학자의 노트》, 《이웃집 식물상담소》를 쓰고 그렸다. 식물을 찾아 좌충우돌 세계를 떠돈다. 식물을 연구하고 그리면서 우연히 사람들을 만나고 기쁨과 슬픔을 나누고 있다.

사라지는 목소리를 기록하기

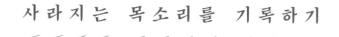

예 술 사 회 학 자   이 라 영

1976년생. 내가 잘 사라지고 싶듯이
다른 생명, 다른 세계도 잘 사라지면 좋겠다.

우리 각각은 작아 보여도

이 조각들의 모음은

결코 작지도 약하지도 않아서

쉬이 사라지지 않을 것이다.

아침에 일어나면 눈과 광대뼈 사이에 베개에 짓눌린 자국이 선명하다. 그런가 보다 했지만 언제부터인지 이 자국이 사라지는 데 시간이 오래 걸렸다. 갱년기 여성을 위한 각종 콜라겐 건강 보조 식품 광고가 예사롭지 않게 보이기 시작했다.

아직까지 딱히 노년을 위해 뭘 하고 있지는 않다. 나보다 몇 살 많은 언니들이 노안과 갱년기 증상을 하나둘 말하기 시작해 귀 기울여 들었다. 하나같이 "운동해라"라고 하길래 어떻게든 운동을 하려고 몸부림을 치는 정도다. 미래를 위해 뭔가를 한다기보다는 현재를 규칙적으로 살아가는 편이다. 기상에서 취침까지, 월요일부터 일요일까지, 한 달, 일년 등의 단위로 일정이 있고 이를 지키며 살아가다 보면 하루가 가고 일주일이 가고 어느덧 한 해가 지나 나이 한 살 또 먹는다.

솔직히 말하면, 눈앞의 일을 처리하기 급급해 노년까지 준비할 여유도 없거니와 아직은 미래 나의 노년보다 현재 노년인 부모님이 무탈하기를 바라는 마음이 더 크다. 예를 들면 배우자 부친의 장례를 치르느라 상주 노릇을 하는 중에 내 부모가 코로나로 쓰러져 구급차를 타고 이송 중인 상황을 전달받았을 때는 몸을 세 개로 쪼개고 싶었다. 지금으로서는 나의 나이 듦보다는 나이 든 부모님의 돌봄 문제에 더 신경이 곤두서 있다.

게다가 의심 많은 나는 노년을 준비하도록 부추기는 것이야말로 자본의 언어라는 의구심을 품고 산다. 자본주의는 불안 장사로 굴러간다고 생각하기에 현재를 미래에 저당 잡힌 채 살아가지 않으려 한다. 아마도 이런 생각을 아직까지 유지하는 것이야말로 나이가 덜 들었다는 방증일지도 모르겠다. 그렇다면 나는 정말 잘 나이 들고 있을까. 실손보험 하나 없이 살고 있으니 세속적 기준으로는 조금 대책 없는 수준이다.

나이 듦에 대해 이처럼 개념 없는 나도 죽음의 순간은 수시로 생각한다. 나는 과연 어떻게 죽게 될까. '지금 곁에 있는 이 사람들이 사라지겠지' 하는 생각이 제일 먼저 떠오른다. 내가 배우자의 장례를 치르게 될까, 배우자가 내 장례를 치르게 될까. 죽음의 순간은 상상하면서도 나이 들어 가는 모습을 구체적으로 그려 보지 않은 나의 마음이 문득 궁금해졌다.

SNS에 이런 이야기를 풀어놓은 적 있는데, 이에 대해 《흰머리 휘날리며》의 저자 김영옥 선생님은 "죽음은 시간과 무관한 사건이고, 나이 듦은 철저한 시간의 현상"이라고 정리해 주었다. 정신이 번쩍 들었다. 그러니까 나는 나이와 무관하게 어느 날 갑자기 발생할 수 있는 죽음에 대해서는 떠올리면서도 점차 진행되는 나이 듦의 시간에 대해서는 상대적으로 '아직 나의 일이 아닌' 것으로 여겼다.

'어떻게 살아야/나이 들어야 하는가'는 사는 동안 이어지는 질문이다. 더 젊을 때는 어떤 사람이 '되고 싶다'는 마음이 있었으나 이제는 '되고 싶다'는 생각에서 거의 벗어났다. '되기'보다는 '하기'로 기울었다. 무엇을 할 것인가. 죽음은 시간과 아무런 관련 없이 찾아오고, 언제 내 삶이 멈추더라도 수치스럽지 않은 인생의 조각들을 하루하루 쌓아 가야겠다고 생각할 뿐이다.

× × ×

내가 꾸준히 놓지 않는 화두는 사라지는 세계에 대한 관심이다. 어쨌거나 우리는 모두 언젠가 사라질 것이기에. 잘 나이 들기 위해 하는 일이라기보다는 지금 현재를 잘 살아가기 위한 방식이다. 나는 새로운 것에 대한 반응이 상대적으로 느린 반면 사라지는 것에 안타까움을 크게 느낀다. 사라지는 것들을 붙들고 사라지는 것들에 집착한다.

많은 사람이 가장 두려워하는 질병으로 치매를 꼽는다. 나도 다르지 않다. 막연히 나이 듦을 떠올릴 때 내가 두려워하는 것은 기억을 잃어버리는 일이다. 기억을 잃는다는 건 지난 시간과의 관계를 잃어버린다는 뜻이다. 생각해 보면 나 개인의 기억이 사라지는 게 뭐가 그리 대단한 문제인가 싶으면서도 안타깝고 두려운 마음이 드는 건 어쩔 수 없다. 우리는 기억을 통해 연결되고 살아가고 있기 때문이리라. 기억을 잃으면 그동안 나를 구성해 온 세계를 잃어버리고, 말 그대로 내가 누구인지도 모른 채 살아가게 되리라는 상상을 하면 두렵다. 이런 마음이 나이 듦에 대한 막연한 공포를 형성한다.

그렇다면 한 사회의 기억은 어떨까. 우리는 이미 많은 사회적 기억을 지우며 살아간다. 각자 개인의 기억이 사라지는 것을 그토록 두려워하듯이 우리 사회의 어떤 집단, 어떤 세계가 공동체의 기억에서 사라지는 것을 많은 사람이 두려워한다면 어떨까.

내가 잘 사라지고 싶듯이 다른 생명, 다른 세계도 잘 사라지면 좋겠다. 잘 사라진다는 것은 잘 기억하는 것이다. 이런 직업이 있었다, 이런 이야기가 있었다, 이런 사람이 있었다, 이런 언어가 있었다, 이런 동물이 있었다…… 나는 사라지는 세계를 꾸준히 추적한다. 사라지는 광산에 가고 사라지는 염전에 가고 사라지는 극장에 가고 사라지는 성병 관리소에 간다. 철원에 가면 분단으로 '김화'라는 한 마을이 사라진 흔적이 있다. 이렇게 사라지는 세계를 마주할 때면 내가 보는 것, 아는 것이 얼마나 표면적인지 깨닫는다.

많은 것이 사라지지만 가장 일상적인 사라짐은 평범한 사람들의 인생사다. 이들의 이야기 속에는 우리 사회의 밝음과 어둠이 모두 드러난다. 새로움과 낡음이 교차한다. 예를 들어 신발 굽을 고치러 가서 한쪽에 '열쇠, 도장'이라고 적힌 붉은 글씨를 보면 도장을 파던 그 많은 사람은 지금 어디에서 무엇을 할까 궁금해진다. 사인이 대세가 되고 디지털 잠금장치가 늘어나면서 열쇠와 도장을 만드는 사람들을 전처럼 자주 볼 수 없다. 신발 굽을 고치는 사람에게 도장에 대해

물어보면 그는 자연스럽게 도장 파는 기계가 예전에는 1,500만 원이었는데 요즘은 300만 원으로 내렸다거나 옥도장은 레이저로 해야 하는데 그건 여전히 기계가 1,800만 원씩 해서 들이지 않았다거나 하는 등의 이야기를 풀어놓는다.

사라지는 무명씨들의 일과 삶에 대해 듣다 보면 '그들이 있었다'를 말하기 위해 시간을 들이고 싶은 마음이 솟구친다. 내가 기억하고 말한다면, 그래서 또 다른 누군가에게 전달되고 그가 기억하고 말한다면, 그것은 쉬이 사라지지 않을 테니까. 목소리의 불평등과 불균형이라는 화두를 놓지 못하는 나는 증발하거나 침몰하는 목소리 하나라도 더 부여잡고 싶다. 기억의 권력은 한 사회에서 기억되어야 할 것과 사라져야 할 것을 분류한다. 위인으로 남은 사람들은 생가터부터 묘지까지 남겨진다. 사라졌더라도 복원한다. 그러나 무명으로 살다 간 사람들은 그저 평범하게 사라질 뿐이다. 육신이 사라진 자리에 남아서 전수되는 것은 말을 통한 기억이다.

가끔 그런 상상을 한다. 평범하게 사라지는 목소리들로 동시대의 역사를 꾸려 볼 수는 없을까. 내 컴퓨터에는 '목소리' 폴더가 있다. 이 폴더 안에는 이름도 모르는 스쳐 지나간 인연들의 말이 담겼다. 모두 중장년 이상이다. 젊은 사람은 낯선 사람에게 함부로 말을 걸지 않는 게 예의라 여기고,

또한 낯선 사람의 말 걸기를 경계한다. 반면 나이가 든 사람일수록 낯선 사람에게 자신의 이야기를 꺼내곤 한다. 그들이 주책맞거나 꼰대라서가 아니다. 흘러넘치는 삶의 이야기에 비하면 그 이야기를 담을 공간이 상대적으로 적어서다.

낯선 사람이 내게 자신의 인생사 한 조각을 남기고 떠났고, 나는 그 이야기 조각들을 간직한다. 할 말 없는 인생사가 있을까. 할 말이 많지만 들어 줄 사람이 없는 평범한 사람들은 스쳐 지나가는 낯선 이에게 부담 없이 제 이야기를 들려준다. 나는 목소리 권력이 없는 평범한 우리 이웃들의 말에 담긴 세상사와 인간사 한 조각을 사라지지 않게 저장한다. 어쭙잖은 해석과 분석 없이, 내 기억에 의존했지만 그들의 말투와 어휘를 되도록 그대로 남긴다. 지극히 평범하고 세속적인 삶의 기록이다.

× × ×

지역의 한 미술관 앞에서 고속버스 터미널로 가기 위해 택시를 탔다. 택시에 오르자 기사가 "타면서 혹시 놀라지는 않으셨어요?"라고 묻는다. 그제야 운전석에 시선을 두었다. 뒤에서 얼핏 보기에 젊어 보였다. 기사는 손으로 제 몸을 위아래로 쓸어내리며 "아니, 제…… 이런…… 제 스타일 때문에요."라고 조심스레 말을 붙인다. 택시 기사는 긴 머리를 묶고 있었다. 모자를 쓰고 여러 장신구를 착용했으며 번들거리는 가죽옷을 입고 있었다. 록 가수나 오토바이를 타는 사람을 떠올리게 하는 모습이었다. 흔히 볼 수 있는 택시 기사의 차림새는 아니지만 딱히 놀랄 정도는 아니었다. 내가 놀라지 않았다고 하자 그의 말이 이어졌다.

"제 스타일 때문에요, 여성분들이 처음에 타면 깜짝 놀라요. 그래서 제가 이렇게 손님이 타면 꼭 물어봐요. 카카오택시로 부르면 얼굴이 나오니까 그래도 덜 놀라는데, 길에서 그냥 잡은 분들은 깜짝 놀라거든요. 좀 무서워하기도 하고요. 택시 한 지는 이제 1년이 되었어요. 제가 음악을 했어요. 서울에서 40년 음악 했어요. 제가 40년 음악 했다고 하면, 뭐 태어나자마자 음악 한 줄 아는데, 제가 젊어 보여요.

제가 할아버지라고 하면 진짜 할머니, 할아버지분들이 타셔서 막 뭐라 해요. 젊은 사람이 그렇게 장난치지 말라고. 그런데요, (가족사진을 보여 주며) 여기 애가 여덟 살, 애가 열 살, 우리 손주들. 제가 딸만 둘이에요. 우리 딸들. 여기 우리 사위. 사위가 마흔한 살이라고요. 제가 예순둘일 거라고 생각을 못 하더라고

191

요. 이러고 다니니까.

이거 봐요. (동생 사진을 보여 주며) 동생, 이놈이 쉰아홉 살인데 내 형인 줄 안다니까요. 제가 젊어 보이는 게, 그동안 좋아하는 거 하면서 살아서 그런 거 같아요. 별로 빛을 보진 못했어도 좋아하는 거 하니까 재밌고 행복했어요.

제가 고향이 여기예요. 다시 와서 이제 택시 하면서 음악을 하려고 하는데, 개인택시 하기까지는 3년은 걸리거든요. 3년 무 사고여야 해요. 개인택시 아니면 90만 원 정도 벌어요. 사납금ↄ 이라고, 그거 내고 나면 90만 원? 너무 힘들더라고요. 콜 못 받 으면 정말 힘들죠. 요즘 다들 차가 있으니까. 제가 늙는 소리가 들려요. 늙는 소리 처음 들어 봤어요. 스트레스 많이 받고. 정말 별 말 같지도 않은 손님들 많아요. 술 취한 사람들, 말 같지도 않 은 시비를 걸고, 요금 안 내고 가는 사람이 있질 않나…… 택시 한 지 9개월 정도 되니까 너무 힘들더라고요.

그래도 개인택시 하면 그때부터는 음악도 하면서 살지 않을 까 생각하고 있어요. 열심히 뛰면 한 달에 200 정도는 벌고, 보 통은 150 된다네요. 여기는 문화적으로 너무 뭐가 없어요. 버스 킹이라도 할라 하면 신고 들어오고요. (보컬 하셨어요?) 보컬도

ↄ   사납금 제도는 2020년 1월 공식적으로 폐지되었다.

하고, 일렉, 일렉 기타도 하고요. 이태원에서 주로 했죠. 그런데 제가 보니까요, 5년이 돼도 개인택시 못 따는 사람들 많더라고요. 이게 중간에 뭐 사고라도 나면 다시 그때부터 3년이 지나야 하니까⋯⋯."

- 2020년 1월 9일 A시

한 종합병원에서 나는 입원한 가족을 돌보고 있었다. 잠시 휴게실에 나왔는데 한 여성이 보던 신문을 건네며 말을 걸었다.

"신문 보실래요? 보시고 그냥 여기에 두세요. 다른 사람들도 보게요. 저는 신문을 계속 봤어요. 나는 공부를 좋아해요. 지금 팔십이에요. 우리 나이로 팔십. 만 일흔아홉이지. 공부를 좋아해서 시골에서도 계속 공부했어.

원래 여기 있다가, 지방에 가서, 거기서 블루베리 농사를 지었어요. 한 7년 했지. 아직 땅이 안 팔려서 그냥 왔는데. 블루베리가 2월에 가지치기하지, 3월에 거름 주고, 4월에 물 주고. 단골이 있어서 장사가 됐어요. 단골들이 계속 사 먹으니까. 그리고 그 사람들이 또 다른 사람들한테 소개를 하거든. 알이 탱탱하고 좋으니까 한 번 먹어 본 사람들은 그렇게 소개를 한다구.

하나님 덕분이지. 내가 열두 남매 맏이라, 계속 그렇게 일을 하잖아.

그런데 남편이 심장 때문에, 남편이 저러니까, 진짜 한 알도 안 도와주니까, 나 혼자서는 도저히 못 하겠더라고. 1,300평을. 이러다 내가 죽겠더라고. 땅 팔릴 때까지 기다리다가는 안 되겠고, 누가 집어 가는 거 아니니까, 다시 도시로 왔어. 큰아들이 여기 있으니까.

땅이 아직도 안 팔렸는데, 진짜 나 혼자는 못 하겠고, 시골에서 요즘 사람 구하기가 힘들어요. 시골은 일이 많잖아요. 그런데 다들 월급 받는 걸 더 좋아하지. 블루베리는 두 달 정도 사람이 필요한 거라구. 하루에 15만 원 준다고 해도 안 와. 왜냐면 그 사람들은 월급 받는 일자리가 더 낫지. 식당에서 설거지를 해도 150은 주는데, 그 월급이 낫지. 그래서 시골에서 사람을 못 구해. 블루베리 그냥 따기만 하는 거라고 해도 안 와.

그러니 어떻게 해. 혼자 할 수가 없잖아. 짐을 다 정리하고 1톤 트럭에 딱 싣고 왔어. 당근이라는 마켓이 있더라고. 거기에서 6, 7만 원 주고 소파 샀어. 그렇게 마련했어. 방 두 칸 있는 아파트인데 집이 작으니 너무 좋아. 청소할 것도 없고.

나는 공부하는 걸 좋아해. 여기 와서도 노인대학 다니려고, 한 달에 2, 3만 원만 내도 별거 다 배울 수 있잖아. 나는 영어, 일본어도 다 조금씩 해요. (갑자기 일어로 말한다.) 이것 봐, 내가 일어로 대화 가능하다고. 나는 뭘 배우는 걸 좋아해. 수영도 20년 했고 댄스 스포츠 7년 했지.

내가 처녀 때 은행원이었어요. 내가 마흔여덟에 우리 아들 고삼 때 같이 미적분 풀고 그랬어요. 내가 그거 가르쳤어. 그런데 운전을 못 배웠어요. 시골에서 운전 못 하면 아주 불편해. 아휴, 내가 안 보이면 우리 남편이 또 찾을 거야. 이제 가 봐야지. 내가 어디 가서 또 이렇게 수다를 떤다고 그러지."

– 2023년 11월 30일 서울

시래기국을 파는 식당이었다. 꽈리고추 조림을 집어 먹다가 매워서 물을 들이켰다. 그런 나를 보고 식당 주인이 말을 걸었다. 식당에 다른 손님은 없었다.

"매워? 다 안 맵다가 하나씩 그렇게 걸리재. 꽈리고추가 아주 맛있어. (내가 양파 초절임을 집어 먹자) 양파 그거 아주 맛있어. 내가 다 만든 거야. 나는 다 내가 만들어. 반찬 사서 안 쓰고 이거 다 내가 만든 거여.

요즘은 겉절이를 했어. 겉절이는 이틀만 지나면 겉절이가 아니야. 내가 국내산 배추, 고춧가루로 만날 만들어. 중국산은 배주가 다르재. 고춧가루 색이 다르잖어. 우리 김치는 국내산이라 벌써 보기에 딱 다르잖어. 다른 집들은 사서 쓰는 반찬 많이 써.

우리 남편이 원래 일식집 했어. 그런데 몸이 아파서 내가 이걸 하게 됐지. 내가 일식집 할 때 옆에서 본 게 있어서, 나 스시도 만들 줄 알고 다 할 줄 알아. (벽에 붙은 방송 출연 사진을 둘러보았다.)

우리 손님 많아. 그때 코로나 막 시작할 때야. 젊은 여자들, 덩치 좋은 여자들이 와서 먹더라고. 맛있다 그래. 다음 날 또 왔어. 촬영을 한대. 사람들이 많이 왔어. 카메라가 한 일곱 대? 요만한 카메라도 있고 이따만한 카메라도 있고. 다 젊은 사람들이야. 저 사람들 밥은 어떡하나 싶더라고.

그런데 아무것도 줄 필요 없대. 밥차가 따라오더라고. 큰 도시락 먹더라고. 내가 장 보러 가는데 같이 따라왔어. 짐 들고. 나한테 팁을 하나 주겠대. 나는 팁을 준다길래 뭐 돈을 준다는 줄 알고. 내가 그래. 그런데 그게 아니더라고. 이게 방송 나와서 잘돼야 6개월, 길면 6개월, 짧으면 3개월이래. 그냥 나 하던 대로 하래. 문구사에 가서 재료 소진, 이걸 샀어. 사람들이 막 줄을 서. 재료 소진 이거 걸리면 아주 억울해해. 근데 그 사람들 또 와.

박대도 국내산이 귀해. 다들 국내산이라 하지만 요즘 수입산 많아. 요즘 박대가 잘 안 나거든. 그래서 요즘은 중국산 많아. 나는 수입산 쓰면 다 말해. 그게 생긴 건 이쁜데 맛이 달라. 나는 그렇게 말해. 한국 사람처럼 짜리몽땅한 거 사라고. 서양 사람처럼 늘씬한 거 말고. 요즘 박대 국내산은 잘 안 나.

박대는 묵이 맛있어. 먹어 봤어? (안면도에서요.) 아따, 지대루지. (겨울, 2월이었어요.) 아따, 지대루여. 조기도 이제는 예전처럼 걸어 놓고 말리지 않아. 날씨 때문에 저 뒷방에 에어컨 틀어 놓고 말려. 어쩔 수 없어. 이거 절이는 소금, 신안에서 2007년 거. 오래될수록 간수가 빠져서 좋아.

어디서 왔어? 나는 아메리카타운⌐ 건너편, 거기 사람인디. 아메리카타운 알아? (알아요.) 어디서 왔는데 알아? (서울에서요.) 나 깜짝 놀랐어. 거기 사람인 줄 알고. 요즘 아메리카타운 다 죽었지. 30년 이상 되는 가게는 뭐 특혜가 있어요. 우리가 이제 24년. 그런데 난 65세까지만 하려고. 내가 지금 64세. (그럼, 내년에 오면 없어요?) 아니, 있재. 저녁 장사는 이제 안 하려고."

– 2024년 7월 21일 군산

⌐   1969년 군산 주한미군의 유흥을 위해 정부 주도로 조성된 지역

×××

누구나 구전되는 이야기의 주인공이 될 수 있다. 내가 그들의 이야기를 듣는 무대는 대체로 택시, 병원, 식당이다. 병원에 입원했거나 가족의 보호자로 온 사람들, 택시 기사들, 식당 주인들이거나 노동자들이다.

그들의 말 속에는 사소한 자부심과 회한이 오갔다. 성공담과 실패담이 뒤섞여 있다. 그들의 '말문이 열리는' 계기는 특별하지 않다. 내게 인사를 건넸을 때 나도 인사를 하거나, 간혹 아주 사소한 반응을 보인 게 전부다.

한번은 택시 좌석이 예쁜 손뜨개로 덮여 있어 예쁘다고 한마디 했을 뿐인데 택시 기사는 제 아내가 못 하는 게 없다고 자랑을 늘어놓았다. 말하다가 집중을 못한 탓인지 행선지를 헷갈렸던 기사는 조금 돌아갔지만 미안하다며 추가 요금을 받지 않았다. 돈보다도 그는 말을 해서 기분이 좋아진 듯했다. 타인들의 말은 개인사에서 정치적 의견까지 다양하다. 나는 특별히 안전을 위협받지 않는 한 낯선 사람의 이야기를 잘 듣는 편이다.

한겨울에 태백역에서 택시를 탔을 때다. 겨울에는 태백

에 상고대*를 보러 오는 사람이 많다는 택시 기사의 말에 나는 부끄럽게도 '상고대'가 정확히 무엇인지 떠오르지 않았다. 그래서 상고대가 무엇이냐 물었다. "상고대라는 게 말이죠."라고 시작된 택시 기사의 말은 산악회 회장으로서 백두대간 종주기에 이어 중국의 황산과 싼칭산, 두 번의 백두산 방문과 두만강 관람기로 물 흐르듯이 이어졌다.

나는 스쳐 지나가는 낯선 사람의 말 속에서 내가 모두 경험할 수 없는 인생사를 듣는다. 그 순간 그들은 오디오 북이 된다. 내게 들어온 이들의 말이 내게서 사라지기 전에 기록한다. 나의 기억력도 시간이 갈수록 흐릿해질 것이니 기억력이 좋을 때 부지런히 들어 둬야겠다.

왜 인간은 이토록 말하지 못해 안달일까. 자신의 말을 통해 타인과 연결되고자 하는 욕망이 깊은 곳에 깔려 있기 때문이 아닐까. 말하고 싶은 욕망과 기억을 잃을 것에 대한 두려움에는 공통점이 있다. 모두 연결되고 싶은 마음과 관련이 있다. 영원히 살지 못하는 인간은 사라지는 두려움에서 결코 자유롭지 못하다. 그러나 제 이야기를 전달하면 구전되는 인물로 남을 것이다. 나는 낯선 사람들이 내게 전한

♪ 나무나 풀에 내려 눈처럼 된 서리

199

이야기를 간직하고 싶다. 나의 기억 속에서 그들의 말은 살아 있으며, 내가 이 말을 나눈다면 그들은 계속 살아 있게 될 것이다.

기록되지 못한 채 사라지는 평범한 사람들의 목소리에는 단지 개인의 삶만이 아니라 한 시대와 장소의 이야기까지 담겼다. 3년 무사고면 개인택시를 할 수 있다던 그는 개인택시를 마련해 좋아하는 음악을 계속하는지, 점점 줄어드는 박대를 구우며 이제 힘들어서 저녁 장사는 안 하겠다던 식당 주인은 정말 점심 장사만 하는지, 영어와 일어를 배우며 계속 공부하고 싶다던 여든 살의 그는 요즘은 뭘 배우고 있는지 궁금하다.

찰나의 꽃이라고 하는 상고대. 아침 햇빛에 사라지기 직전의 아름다움을 보기 위해 추운 겨울 이른 아침 사람들이 산을 찾는다. 역사 속의 군중으로 뭉뚱그려지지만 자세히 들여다보면 우리 한 사람 한 사람의 삶도 상고대처럼 찰나의 빛을 발하는 존재다. 그 찰나를 기억하고 남기고 싶어서 사람들은 말을 이어 간다.

지나간 이야기를 나누며 옛 감정을 공유하는 행위 속에는 잊히고 사라져 가는 한때를 잘 보존하고 싶은 마음이 담겨 있다. 조각보 같은 이야기가 만들어 낸 흔하지만 특별한

억사를 깁는 행위를 나는 꾸준히 이어 가고 싶다. 우리 각각은 작아 보여도 이 조각들의 모음은 결코 작지도 약하지도 않아서 쉬이 사라지지 않을 것이다.

이 세상에는 새로운 것들이 계속 태어나지만, 다른 한쪽에서는 어떤 세계가 꾸준히 사라진다. 쉽게 떠나보내기 싫어서 나는 사라짐의 지도를 그리고 사라짐의 사전을 만든다는 상상을 펼친다. 해야 할 일이 끊임없이 생각난다. 어떻게 사라질지 내가 선택할 수도, 알 수도 없다. 다만 이 세상에 흔적을 새기고 살아가는 동안 안타깝게 사라지는 어떤 세계와 열심히 연결되고 싶을 뿐이며, 사라지기 직전의 아름다움을 발견하고 싶을 뿐이다. 인생이 어느 시점에서 갑자기 끊기더라도 덜 추해 보이고 싶어서다. 지나간 시간을 뒤지고 다니는 듯한데 희한하게도 나는 계속 새로워지는 기분이다. 몰랐던 시간을 알게 되기 때문에.

예술사회학 연구자. 문화평론가. 예술과 정치와 먹을 것을 고민한다. 지은 책으로 《말을 부수는 말》, 《타락한 저항》, 《정치적인 식탁》, 《폭력의 진부함》, 《여자를 위해 대신 생각해줄 필요는 없다》 등이 있다. 잘 나이들고 있는지 생각하고 이렇게 말할 수 있다는 것만으로도 '배부르게 나이 드는' 사람이라는 생각이 들어 더욱 말조심, 글 조심 해야겠다고 다짐한다.

우리, 나이 드는 존재

1판 1쇄 발행일 2025년 2월 17일
1판 2쇄 발행일 2025년 3월 3일

지은이 고금숙 김하나 김희경 송은혜 신혜우 윤정원 이라영 정수윤 정희진

발행인 김학원
발행처 (주)휴머니스트출판그룹
출판등록 제313-2007-000007호(2007년 1월 5일)
주소 (03991) 서울시 마포구 동교로23길 76(연남동)
전화 02-335-4422 **팩스** 02-334-3427
저자·독자 서비스 humanist@humanistbooks.com
홈페이지 www.humanistbooks.com
유튜브 youtube.com/user/humanistma
페이스북 facebook.com/hmcv2001 **인스타그램** @humanist_insta

편집주간 황서현 **편집** 김나윤 김선경 **디자인** 유주현
용지 화인페이퍼 **인쇄·제본** 정민문화사